D1096924

À Jean-luc

C'est encore loin, le bonheur ?

en espérant que
tu en trouveras
un peu entre ces
pages !

Amitiés

Michèle
Rachtman Simolti

Michèle Rechtman Smolkin

C'est encore loin, le bonheur?

roman

Catalogage avant publication de Bibliothèque et Archives nationales
du Québec et Bibliothèque et Archives Canada

Rechtman Smolkin, Michèle, 1953-
   C'est encore loin le bonheur ? : roman
   ISBN 978-2-89261-552-4
   I. Titre.
PS8635.E27C4 2009   C843'.6   C2009-940188-6
PS9635.E27C4 2009

La publication de cet ouvrage a été rendue possible grâce à l'aide financière du ministère du Patrimoine canadien par l'entremise du Programme d'aide au développement de l'industrie de l'édition (PADIÉ), du Conseil des Arts du Canada (CAC) et du ministère de la Culture et des Communications du Québec (MCCQ) par l'entremise de la Société de développement des entreprises culturelles (SODEC).

© 2009
XYZ éditeur
1781, rue Saint-Hubert
Montréal (Québec)
H2L 3Z1
Téléphone : 514.525.21.70
Télécopieur : 514.525.75.37
Courriel : info@xyzedit.qc.ca
Site Internet : www.xyzedit.qc.ca

et

Michèle Rechtman Smolkin

Dépôt légal : 2ᵉ trimestre 2009
Bibliothèque et Archives Canada
Bibliothèque et Archives nationales du Québec
ISBN 978-2-89261-552-4

Distribution en librairie :
Au Canada :
Distribution HMH
1815, avenue De Lorimier
Montréal (Québec)
H2K 3W6
Téléphone : 514.523.15.23
            1.800.361.16.64
Télécopieur : 514.523.99.69
www.hurtubisehmh.com

En Europe :
DNM-Distribution du Nouveau Monde
30, rue Gay-Lussac
75005 Paris, France
Téléphone : 01.43.54.49.02
Télécopieur : 01.43.54.39.15
www.librairieduquebec.fr

Droits internationaux : André Vanasse 514.525.21.70, poste 25
               andre.vanasse@xyzedit.qc.ca

Conception typographique et mise en pages : Édiscript enr.
Maquette de la couverture : Zirval Design
Photographie de l'auteure : Élie Smolkin
Illustration de la couverture : Henri Matisse, *Odalisque à la robe jaune et anémones*, 1937

Achevé d'imprimer en avril deux mille neuf
sur les presses de Marquis imprimeur (Québec), Canada.

Merci à tous ceux qui m'ont incitée, applaudie, encouragée, découragée, critiquée, interrogée… tous m'ont aidée. Merci tout particulièrement à Laurent S., Myriam A., Frédéric M., Ying C., Élise L., Marie-Hélène T., Lydia D., Géraldine G. et Josée B.

À Élie, à Mischa,
Et à la tribu.

Le hasard est le chemin que prend Dieu pour passer inaperçu.

ALBERT EINSTEIN

1

Ce soir, j'emmène Sacha à l'hôpital. Alors que le feu tarde à passer au vert, il me demande soudain :

— Dis, mamma, est-ce que tu vis la vie que tu rêvais de vivre quand tu étais petite ?

Je le regarde dans le rétroviseur ; il ne bronche pas. Je suis terrorisée. Comme lorsque je suis entrée pour la première fois dans l'école primaire de Zagora, l'année du grand malheur. Quand M. Taïeb, le regard sévère, m'a demandé, sans même me dire bonjour, si je savais lire et écrire. Bien sûr que je savais lire, même si je n'étais qu'une pisseuse, comme disait mon frère Ludo. En tout cas, j'avais très bien déchiffré, la veille, en arrivant aux portes du désert, un drôle de panneau avec son Touareg et ses chameaux, ses dunes et ses palmiers. Dans la lumière des phares de la berline de ma tante Ranya, juste avant de m'endormir au creux du moelleux siège arrière, j'avais lu : *Tombouctou 52 jours*, suivi de caractères arabes. Cela faisait des heures qu'on roulait en silence vers le Sud marocain.

Par deux fois, je cale. La neige tombe à gros flocons. Dehors, Vancouver sombre dans la noirceur. L'océan a comme disparu. J'aperçois tout juste le halo des paquebots attendant, dans English Bay, l'autorisation de gagner le port et de vomir leurs marchandises sur des parterres mouillés. Des bus lambinent sur la chaussée glissante. Un cycliste, arc-bouté sur son vélo, patine dans la gadoue neigeuse. De temps à autre, je distingue derrière des rideaux la lueur bleue et tremblotante d'une télévision. Un homme en robe de chambre promène son chien, tête nue, un cigare à la bouche, les joues écarlates.

Sacha a une forte fièvre. Depuis deux jours, docile et sérieux, il bouge à peine, me laissant lui prendre sa température toutes les demi-heures sans broncher, gardant sans impatience une compresse froide sur le front, prenant son médicament au prétendu goût de jus de raisin sans la moindre grimace, frissonnant, soupirant, transpirant. La fièvre ne diminue pas.

Le docteur, ce matin, m'a rassurée en disant que ce n'était rien, demain il gambadera, vous verrez, ce n'est qu'une petite grippe inoffensive qui s'essouffle. Elle ne passe pas. Dans la soirée, le thermomètre s'est affolé et a dépassé les quarante et des poussières. Sacha avait le vertige. Il se voyait flotter au plafond et grandir si vite que sa tête touchait le toit de la maison. Et pourtant, je ne lui ai jamais lu *Alice* et toutes ses merveilles. Je n'arrête pas de penser à la petite Chloé, morte d'une poussée de fièvre subite avant d'arriver à l'hôpital, une nuit de neige à Grenoble. Mon amie Francine ne s'en est jamais remise, même après la naissance de son fils Enzo. Je me raisonne en énumérant toutes les différences entre eux et nous. Tout ce qui, *rhamsa*[1], peut éloigner le mauvais œil et tous les *jnoun*[2] de la terre, Dieu nous en délivre. Je me répète, en une psalmodie irrationnelle et néanmoins calmante, accompagnée d'un balancement que seul mon volant peut contenir, on n'est pas à Grenoble, on n'est même pas en France, même pas en Europe, Sacha a cinq ans, la neige ne tient pas au sol, Sacha a cinq ans, c'est un garçon, Sacha a cinq ans, je suis seule avec lui, Sacha a cinq ans, l'hôpital n'est pas très loin. Sacha a cinq ans. Cinq sur toi mon fils. Sacha a cinq ans. Longue vie, lumière de mes yeux.

L'angoisse découpe des zones vives dans ma mémoire, brise les axes de la logique, creuse des failles vers le passé, laissant échapper une lave bouillonnante de souvenirs douloureux.

J'ai sorti Sacha du lit. Je l'ai enroulé dans une couverture, une cagoule encadrant son visage fatigué, une écharpe autour

---

1. *Cinq* en arabe, symbole de chance.
2. Pluriel de *jinn*, mauvais esprit.

du cou. Il ne dit rien. Il pose sa tête contre la portière, dessinant du bout du doigt des lettres sur la vitre embuée. Je retiens mes larmes. Je suis vidée.

Les arbres, les toits des maisons, les voitures, tout est blanc. La chaussée, elle, reste obstinément noire. Nuances zéro. La neige en tombant sur le macadam fond immédiatement. J'aimerais que mes doutes en fassent autant.

Sa question tombe pile poil. Cela fait des semaines que je tricote le sujet à l'endroit et à l'envers, sautant des mailles, traçant des torsades torturées, revenant sur mes pas, essayant d'avancer et butant toujours sur les mêmes nœuds.

L'homme, tiré par son chien qui se met soudain à courir, glisse et tombe. Étalé par terre, son cigare roulant vers le caniveau, il s'acharne à retenir la laisse. Le chien le traîne sur quelques dizaines de centimètres, puis l'homme se résigne à lâcher. Le chien fait une embardée.

La question de Sacha m'affole. Toutes les théories des manuels de pédagogie que j'ai ingurgités ces dernières années se bousculent dans ma tête, comme à l'ouverture d'un magasin le premier jour de soldes. Faut-il le protéger? lui dire la vérité? lui donner confiance en l'avenir? le désillusionner tout de suite et maintenant, avant que son destin ne s'en charge? Genre : tu vois petit, la vie est courte, la douleur probable, la mort certaine. Va jouer, maintenant.

Et puis, par quel bout répondre à sa question? Faut-il lui parler de la longue chaîne d'événements qui m'ont amenée là? Faut-il lui parler de la suite de répétitions historiques qui semble me condamner aussi sûrement qu'un ours blanc sur la banquise fondante? Faut-il lui parler de cette fatalité que j'essaie de briser? Pour être la dernière à en porter le poids. Ou pour que ce poids devienne plume.

Le feu passe au vert. L'homme se relève, regarde, furieux, son cigare toujours en équilibre au bord du trottoir, puis son chien qui disparaît au bout de la rue. En le dépassant, je fais bien attention à ne pas asperger son cigare.

— Je ne peux pas dire que c'est exactement celle dont j'avais rêvé, mais ce n'est pas si mal.

Sacha continue un instant à tracer ses lettres sur la vitre.

— Mais tu es heureuse ?

Et les enfants seraient innocents ? Je murmure un « bien sûr » sans appel, tout en l'extirpant de la voiture. Il est rouge et suant. L'air de la nuit me semble encore plus coupant. Je cours, pliée en deux sous le poids de Sacha, vers la porte des Urgences qui, en s'ouvrant, m'envoie au visage des relents d'éther et de désinfectant. Je reste un instant hésitante, tétanisée.

2

L'odeur de la maladie, je l'avais encore dans les narines en arrivant au *ksar*[1] d'Amezrou, dans la maison ocre de ma grand-mère, à quelques kilomètres de Zagora. Une odeur incisive et nauséeuse à la fois, qui s'échappait de la chambre de mes parents dès qu'on en ouvrait la porte et qui envahissait le reste de l'appartement. Ma mère n'était qu'une mer de boucles brunes léchant les oreillers blancs. Depuis le seuil où l'on me retenait, je pouvais lui faire un signe de la main. Elle m'envoyait en retour un faible baiser du bout des doigts qu'elle sortait lentement de l'écume des draps. J'avais mal au cœur. Cette odeur, encore. Et le silence. Toujours le silence. Ne pas la déranger. Et surtout ne pas poser de questions.

Au *ksar*, mes oreilles me faisaient mal tant les sons étaient nombreux. Il y avait les cris des chameaux (ils blatèrent, me corrigera M. Taïeb), les braiments des ânes, l'appel du vendeur d'eau, le chant lointain du *muezzin*[2], les *darboukas*[3] des Berbères nomades qui s'installaient sur la place pour vendre leurs couteaux, leurs bijoux et autres objets ciselés en argent que jadis les artisans du *mellah*[4] avaient produits et qu'on achetait maintenant tout faits, le joyeux tintamarre de la

---

1. Village fortifié traditionnel du Maghreb — littéralement *palais*.
2. Celui qui appelle les fidèles à la prière du haut du minaret.
3. Tambour en peau et céramique que l'on tient entre les jambes.
4. Quartier réservé aux Juifs au Maghreb, l'équivalent du ghetto d'Europe centrale.

cuisine en constante ébullition, le tapage de mes cousins, les vociférations de ma grand-mère, l'incessant babillage de Sadia, le battement des tapis, les rires et les disputes des gamins dans les ruelles, les chansons des ramasseuses de dattes. La vie allait son chemin, avec énergie et insouciance, alors que je restais en rade, rongée d'une tristesse souterraine, indicible, indécente.

Et pourtant le silence, dans la maison crénelée de ma grand-mère. Au fond de la ruelle étroite du *ksar*. À l'abri du soleil de plomb qui s'abattait sur Zagora. Le silence, pourtant. Qui se faisait distinctement entendre au milieu du vacarme. À Amezrou pas plus qu'à Paris, les questions n'avaient droit de cité.

3

L'infirmière me demande depuis quand il délire. Elle est très calme. Patiente. Polie. Avec des yeux couleur glaçons dans un verre de vodka. Canadienne, quoi. Mes mains tremblent. Sacha me regarde. Il me dit qu'il a de la chance, parce qu'il a une maman qui s'occupe bien de lui. Je lui dis que son avenir est tout tracé, il sera dialoguiste de sitcoms. Je n'ose pas le regarder quand l'infirmière lui fait une prise de sang. L'aiguille me perce le cœur. Il me dit qu'il préfère les dessins animés, et pas forcément Bambi. L'infirmière remplit deux tubes du liquide sombre sans broncher. Elle ne comprend pas le français et lui pose un petit sparadrap rond au creux du bras. Sacha me tend la main en souriant. Je lui caresse le front. Un homme portant un bébé hurlant passe dans le couloir.

*

Je pleurais souvent la nuit quand je croyais tout le monde endormi. Invariablement, l'une de mes cousines donnait le signal.
— Ouh ! Le bébé ! Elle chiale encore ! La petite pisseuse ! Tu vas nous laisser dormir, oui ?
Je me retournais, la bouche enfoncée dans l'oreiller jusqu'à m'étouffer. J'avais honte. Personne ne prononçait le mot. Ce devait être sale, la mort.

*

Sacha a fermé les yeux. L'infirmière passe la tête dans l'encadrement de la porte pour me dire que le docteur viendra me parler dès qu'il aura les résultats. Il n'y a qu'à attendre. Les murs de l'hôpital se mettent à tourner. Il ne faut pas succomber. Serre les dents et marche tout droit comme un brave petit soldat.

*

Ma grand-mère n'avait pas le cœur tendre. Trop de bouches à nourrir, de nez à moucher, de derrières à torcher, de larmes à sécher. Je ne l'avais vue que quelques fois dans ma vie, et toujours à Paris. Le voyage était fatigant, long et cher. Mon grand-père Zitoune, entre deux siestes, dormait sur un journal qu'il ne pouvait plus lire malgré ses grosses lunettes. Parfois, dans ses rares moments de lucidité, il me faisait grimper sur ses genoux et me demandait de lui chanter une chanson en « français de Paris ». J'essayais de me souvenir de ma classe, dans l'école des filles, mitoyenne de notre immeuble, en face du Jardin des Plantes. Mme Rousseau m'y avait appris à aimer la lecture. Elle était douce et patiente, elle aussi, bien que cent pour cent Parisienne, des bas couture à la mise en plis. Cela me faisait une boule dans la gorge d'y penser et ma chanson restait suspendue entre deux refrains. Mais grand-père ne s'en apercevait pas. Il était déjà replongé dans son sommeil lisse.

J'ai attendu une éternité des nouvelles de mon père. Aucune n'est venue. J'attendais quand même qu'il vienne me chercher. J'attendais encore une carte postale. J'attendais. L'année scolaire a pris fin. Et ma mémoire s'effilochait. Je me forçais à faire mentalement le tour de l'appartement, je visitais le labyrinthe du Jardin des Plantes où nous aimions jouer à cache-cache à la sortie de l'école, mon frère et moi, je passais devant la Grande Serre, je retraversais la rue, je grimpais quatre à quatre les marches de l'interminable escalier de bois qui montait jusqu'à ma classe, je m'asseyais à mon pupitre et j'énumérais les noms de mes camarades.

J'essayais de me souvenir de son odeur avant la maladie. Comme j'aimais fourrer mon nez dans ses combinaisons de soie blanche. Comme j'aimais grimper sur ses genoux et respirer ses boucles brunes. Comme j'aimais jouer avec ses bijoux et ses flacons de parfum sur sa coiffeuse en verre biseauté. Dans laquelle notre reflet ressemblait à un tableau de Picasso. De la période biseaux, sûrement. Mais déjà j'avais du mal à voir son visage. Elle s'effaçait tous les jours un peu plus.

De celui de mon père, je ne voyais que les yeux. Bleus tristes. Je ne pouvais plus les imaginer autrement que sur la photo de leur mariage qui était accrochée au salon d'Amezrou, entre la main de Fatima, peinte à même le mur, et le portrait du grand rabbin de Fès, un parent de ma grand-mère, ce qu'elle ne manquait jamais de souligner dès qu'un visiteur s'installait dessous, sur la banquette brocardée.

*

Sacha semble paisible à présent. Je me demande pourquoi les salles d'hôpital sont toujours d'une couleur insipide, quel que soit le pays. Celle-ci est d'un vert fadasse. Pourtant les forêts de la côte ouest regorgent de verts, profonds, sombres, riches, tendres. Un nuancier à faire pâlir d'envie tous les marchands de couleurs de la terre.

*

Curieusement, la palmeraie d'Amezrou me rappelait Paris. J'allais m'y réfugier quand j'étais trop triste. Le soleil filtré par les palmes, la fraîcheur de l'ombre, la moiteur de l'air, le gazouillement des oiseaux, tout me rappelait la Grande Serre du Jardin des Plantes où j'allais me cacher, dès que l'angoisse de l'inconnu était trop pressante. Au milieu des plantes tropicales dégoulinantes d'humidité et des oiseaux exotiques lançant des notes totalement étrangères au roucoulement des pigeons qui me réveillaient le matin, je pouvais, le temps d'un souffle, me blottir dans la chaleur languide d'un monde presque utérin. Je retrouvais ma mère. Les palmiers m'enveloppaient, me protégeaient, me berçaient doucement.

J'avais appris à me déplacer silencieusement à cause des migraines qui tyrannisaient ma mère, et du silence que l'on nous imposait. Du coup, au *ksar*, j'arrivais souvent sans bruit dans la cuisine. Ma tante Kenza, ma grand-mère et Sadia interrompaient leur conversation dès qu'elles s'apercevaient de ma présence. Au milieu des bocaux qu'elles remplissaient d'olives, de citrons, de variantes et d'oranges amères, des boîtes en fer qu'elles garnissaient de papier fin sur lequel elles déposaient des lignes de macarons, de dattes et de noix farcies, de cornes de gazelle, de cigares au miel et de *maakroudes*[1], dans les odeurs contradictoires du salé et du sucré, je m'avançais, coupable encore, les yeux et les narines comblés, le cœur un peu plus en manque. Au passage, j'avais glané quelques bribes que j'essayais de mettre bout à bout pour alléger le silence.

— *Meskina*[2], la pôvre petiote (c'était moi), elle est toute maigrichonne. Ce bon à rien (c'était mon père), Dieu nous en délivre, il lui a porté l'*aïn*[3] !

— La vérité, c'est lui (mon père) qui l'a tuée (ma mère) !

— La vérité ! *Zarhma*[4], il allait lui faire une vie de princesse !

— Ma parole, elle a pas eu de chance.

— *Mektoub*[5] ! Tout ce qu'elle voulait, c'était voir la ville des lumières.

— La *baraka*[6], elle l'avait pas et elle a vu trente-six chandelles…

Elles partaient à rire, et bientôt elles pleuraient. Quand elles me voyaient, elles s'essuyaient les yeux du coin de leur caftan et faisaient semblant d'avoir trop ri. Pour ne pas les mettre mal à l'aise, je faisais semblant d'y croire.

*

Sacha s'agite de nouveau. Je vais voir dans le couloir si le docteur arrive. Des enfants pleurent un peu partout. La salle

---

1. Petits gâteaux à base de semoule de couscous, de miel et de dattes.
2. La pauvre.
3. Le mauvais œil.
4. Soi-disant.
5. C'est le destin !
6. Littéralement *la bénédiction*, signifie *la bonne fortune*.

d'attente est pleine. Une infirmière passe en courant. Une autre, derrière le comptoir, remplit un dossier d'une main lasse. Je pense à l'interrompre, mais elle lève la tête et son regard me dit clairement que c'est inutile. Il faut attendre. Encore. Je reviens dans la chambre. Sacha est rouge et en nage. Il me dit qu'il a mal au ventre. À la tête. Et puis encore aux jambes. Je ne sais que faire de cette inquiétude qui m'étouffe.

*

Je montais souvent sur la terrasse quand tout le monde faisait la sieste. Je passais sous les draps qui séchaient au soleil et m'accoudais aux créneaux de pisé. Après, j'avais une ribambelle de petites marques sur les coudes et les avant-bras, que j'aimais suivre du doigt. Je regardais au loin la route poussiéreuse qui venait de Zagora et continuait vers les dunes de Tinfou. J'espérais toujours voir arriver la Dauphine jaune citron de mon père. À part le jeudi, jour de souk à Zagora, quand les caravanes berbères retournaient vers le désert, je ne voyais absolument rien. Il m'a fallu un certain temps pour me persuader qu'une personne sensée et sérieuse comme mon père ne pouvait venir à une heure pareille. «L'heure des *mabouls*», disait ma tante Kenza, en parlant des touristes qui étaient plutôt rares à l'époque. Mais je continuais quand même à monter jusqu'à mon observatoire à l'heure de la sieste. Mes cousines m'avaient baptisée Anne-ma-sœur-Anne-ne-vois-tu-rien-venir. La chaleur m'étouffait et je ne voyais effectivement rien. Ni venir ni partir. Seule la mer verte des palmes ondulait de torpeur. Un mirage surgissait sur la route. Là-bas, juste avant le virage, au bout de la ligne droite, une flaque d'eau s'étalait sur le macadam noir. Je savais bien que c'était une illusion d'optique. Mon cousin Doudou me l'avait expliqué. Nous avions couru jusqu'à la flaque, pour vérifier. La chaussée était aussi sèche qu'une caissière parisienne. Et l'illusion s'était déplacée au tournant suivant.

Je finissais par m'endormir, collée contre le pisé, dans la mince ligne d'ombre des créneaux, sur les tommettes rouges encore fraîches de l'eau qui s'était écoulée des draps vers le trou de la gargouille. C'est là qu'un jour on m'a trouvée. Mon père était enfin venu.

*

Le docteur entre en trombe. Il m'explique qu'il faut faire un autre examen dont je ne comprends pas le nom. À force de gestes et d'explications, je devine qu'ils vont lui faire une ponction lombaire. On soupçonne une méningite purulente. On soupçonne le bacille de Pfeiffer. Mais qu'on le pende ce bacille, qu'on le trucide, qu'on l'étrangle, qu'on le…

*

Je me suis jetée sur lui et l'ai frappée à coups de poing répétés. Il a fallu deux de mes cousins pour m'arracher à lui. J'étais dans une colère hystérique qui me surprenait moi-même. Je me regardais le frapper en silence, sans larmes. Alors que je ne voulais que me perdre dans ses bras. Sentir sa joue lisse contre la mienne, ses mains dans mes cheveux, son odeur d'after-shave poivré. Il m'a regardée, l'air étonné, s'est frotté les tibias, m'a regardée de nouveau, puis a soupiré quelque chose que je n'ai pas compris. Toujours tenue par mes cousins qui pour une fois se taisaient, je l'ai vu disparaître derrière les draps. C'est alors que j'ai crié.

*

Sacha proteste. Il ne veut pas me quitter. L'infirmière me retient fermement. Je me résigne. Je me résigne aussi subitement que je m'enflamme. Je lui dis d'être courageux, que je l'attends ici. N'oublie pas, Sacha, on est dans un sitcom, ça finit toujours par des rires. Il disparaît derrière une double porte.

*

— T'es aussi maboul que ta fille, a dit oncle Sauveur à mon père en servant le thé à la menthe, faut jamais voyager à cette heure de la journée… tu le sais pourtant… complètement maboul, sauf ton respect.

J'étais assise en face de lui, muette, dans le salon où il tenait la place d'honneur. Sur la banquette brocardée. Sous la photo du grand rabbin de Fès.

— Un parent, a dit grand-mère, par habitude, en lui faisant signe de s'asseoir. Et, comme si papa ne le savait pas déjà ou comme s'il avait pu l'oublier, elle a ajouté :

— C'est le grand rabbin de Fès, Dieu le bénisse.

Puis, elle a posé son assiette de cornes de gazelle toutes fraîches sur le plateau de cuivre.

4

L'infirmière nettoie des instruments en inox et les fait tomber en claquant dans un haricot métallique. Assise entre deux lavabos, je regarde la double porte qui mène aux salles de chirurgie. Un docteur en blouse, calotte et chaussons verts pousse la porte des coudes pour ne rien toucher de ses mains fraîchement savonnées et brossées. Une onde de désinfectant me submerge de nouveau.

*

L'odeur de mes cauchemars d'enfance. Je ne sais plus à quel âge j'ai appris ce qui s'était passé dans les camps, bien avant ma naissance. Il me semble que la Gestapo hante mes nuits depuis toujours. J'entends le bruit des bottes et le halètement des chiens dans les rues désertes de Paris. Je cours dans l'obscurité. Le long des murs qui ont des oreilles. Quand je dois traverser le rond de lumière d'un réverbère, je redouble de vitesse et des balles de mitraillette sifflent autour de moi. J'arrive devant notre porte cochère. La concierge parle avec les Allemands. Elle leur indique notre appartement. Escalier B au fond de la cour. Son chien m'a sentie et aboie. Il me déteste. Je me plaque dans le renfoncement de droite, juste en dessous du carré en émail bleu qui porte le numéro quinze. Quinze, rue Buffon. L'immeuble n'existe plus. J'y suis passée l'année dernière pour montrer à Sacha et Maya où j'avais grandi, entre l'école des filles et l'école des garçons, en face du Jardin des Plantes. Mais il a été démoli et remplacé par une bibliothèque. Des tonnes de livres recouvrent donc mon enfance. Enfouis sous le savoir de l'humanité, quelques souvenirs égarés tentent encore de faire surface.

*

Une équipe de médecins et d'infirmières en vert viennent se savonner les avant-bras. Ils parlent de leur cas. Termes techniques, phrases coupantes, diagnostics froids. Calculs des risques. Je redeviens invisible. Le scalpel des mots m'incise la mémoire.

*

Le cauchemar se répétait chaque nuit avec une précision immuable, comme si je l'avais vraiment vécu. Le chien de la concierge me renifle en jappant. Je retiens mon souffle. Mais les SS sont déjà dans l'escalier. Ils en ressortent en escortant mon autre grand-père, celui que je n'ai pas connu. Il monte dans le camion bâché. Il n'a pas de visage. Sur sa poitrine, son étoile brille sous la lune et m'envoie en morse un message énigmatique. Les Français parlent aux Français. Mais lui ne l'est pas assez. C'est pour cela qu'on le sacrifie. Il me voit et se détourne pour ne pas donner l'alarme. Nuit après nuit, la Gestapo sonne chez nous. Parfois, c'est moi qu'ils font monter dans le camion, parfois c'est mon père ou mon frère, mais jamais ma mère, puisqu'elle n'est plus là…

Pour leur échapper, je me force à me réveiller. Mon père dort à poings fermés. Mon frère se retourne dans son lit, lui aussi agité par quelque démon personnel. Je m'allonge contre mon père et je pleure en silence. La place de ma mère est froide. J'ai du mal à me rendormir. J'ai peur de me retrouver sous l'Occupation. Les SS, le camion, les rues désertes, les chiens, mon grand-père que je n'ai jamais vu même en photo, le visage découpé au couteau de l'officier allemand, les voix brutales, reprennent inlassablement leurs terreurs.

Est-ce pour cela que je suis partie si loin ? Au bord du Pacifique. À cause de son nom. Un pays où tout est calme, poli et honnête. *What you see is what you get.* Un pays où l'on ne se pose pas de questions. Un pays sans angoisse. *Laid-back.* Le reste du monde s'agite sous un déluge de bombes, de massacres, de guerres intestines et de catastrophes naturelles, et ce sont l'orque Bosja et son baleineau, né à l'aquarium de Vancouver, qui font ici la une des journaux. Et de manifester pour la mise en liberté de nos camarades mammifères marins. Mais civilement, pacifiquement, poliment. Parfois, mes nouveaux compatriotes me semblent un peu ankylosés de l'intellect. J'ai l'impression de vivre parmi des milliers de sosies de mon père. Tranquilles et doux. Simples et sans histoire. Fuyant les conflits comme la peste. Comme mon père.

5

Le docteur de Sacha revient, entouré de son aréopage de blouses vertes. Je me lève d'un bond. Il enlève sa calotte en m'assurant que tout va bien. Sacha se repose. Il ne doit pas se lever. Il faut attendre les résultats. Attendre encore.

La double porte s'ouvre sur la civière d'où Sacha me regarde. Je lui prends la main. On le roule jusqu'à la chambre. Il semble encore plus faible, mon héros du petit écran. Je lui embrasse le front. Il sourit, toujours confiant en la toute-puissance de sa mère. J'ai le cœur dans les talons. Je l'écrase de tout mon poids et je parviens à murmurer une blague à l'oreille de Sacha qui cligne des yeux par générosité. La scène sera sans doute coupée au montage.

*

Mon père, assis sur la banquette or et rouge, un verre de thé à la menthe brûlant au bout des doigts, me regardait. Dans ses yeux bleus, la résignation creusait des lacs immobiles où j'aurais pu me noyer. Il répondait sans entrain aux questions de mes tantes. Oui, tout allait bien à Casa. Oui, mon frère, Ludo, allait bien. Oui, tante Ranya allait bien. Oui, tout s'était bien passé. Oui, oui, la nouvelle maison de tante Ranya était formidable. Oui, les fleurs du jardin étaient formidables aussi. Et ses amis étaient formidables. Et sa voiture et ses toilettes et même ses domestiques étaient formidables. Tout était formidable, là-bas à Casa, chez ma tante Ranya. Et Ludo avait bien grandi, oui, il l'avait à peine reconnu. Mon père me regardait et répondait à mes tantes. Mon père me regardait et c'est le mur qu'il voyait. Mon père me regardait et j'étais transparente. J'ai alors pensé que, peut-être, il ne me reconnaissait pas non plus. Mes tantes n'avaient pas encore vidé leur mitraillette de questions. Oui, il allait nous ramener, Ludo et moi, à Paris. Oui, tout irait bien, il se débrouillerait. D'ailleurs, il n'était plus seul.

— Plus seul ?

La question a claqué et s'est réverbérée dans le silence qui a suivi. Plus seul ? Plus seul ? Seul ? Seul ? Seul ? Eul ? Eul ? Eul ? eul ? eul ? eul ? le le ? lelelelele ? Une quinzaine de paires d'yeux fixait mon père. Il avait laissé tomber sa phrase presque sans le faire exprès, l'esprit ailleurs, en butant contre le guéridon des réponses automatiques. Et maintenant, empêtré dans les dentelles du napperon, il ne savait pas comment la rattraper. Ce n'était pas comme ça qu'il avait voulu l'annoncer, mais trop tard, le vase de Soissons était cassé…

— Maman est revenue !

J'ai sauté sur les genoux de mon père, qui restait toujours sans voix.

Mon père n'a pas ouvert les bras. Je restais là, empotée, en équilibre instable sur son genou droit. Il a baissé un peu le nez, a regardé ses doigts, tournant son alliance dans un mouvement de va-et-vient embarrassé. Et puis, il a dit : « Non », en se redressant et en me déposant sur la banquette à côté de lui. Non, elle n'était pas revenue. Non, elle ne reviendrait pas. Je le savais bien, puisqu'elle était morte. Même s'il ne me le disait pas. Mes cousines s'en étaient chargées. Moins effrayées du mot que les adultes. Et puis, j'avais entendu mes tantes le chuchoter quand elles me croyaient ailleurs.

Mais j'espérais encore. Qu'elles se soient trompées. Qu'elles n'aient voulu que me taquiner. Que ce ne soit qu'un autre de mes cauchemars. Puisque aucun des grands ne me le disait en face, ce mot définitif. Morte. Morte. Morte. Ce mot qui me poignardait avec acharnement dans le silence et le désert depuis des mois. Grenade dégoupillée abandonnée en moi comme dans un terrain vague, prête à exploser.

Lui non plus ne me l'a pas dit. Il a simplement ajouté, plus pour le reste de la famille que pour moi :

— Je me suis remarié.

Immédiatement, ce furent des cris, des questions, des pleurs. Ma grand-mère a brusquement quitté le salon. Mon grand-père s'est réveillé en sursaut et a demandé qui ? quoi ? mais qui ? mais quoi ? Personne n'a songé à lui répondre, trop occupés qu'ils étaient à se lamenter, à gesticuler, à vociférer, à s'évanouir. Mais déjà, grand-père s'était rendormi. Un mince filet de bave coulait à la commissure de ses lèvres. Son ronflement le faisait descendre et remonter comme les vagues que j'avais vues en arrivant à Casa, chez ma tante Ranya. Je fixais mon grand-père, sa bouche qui s'entrouvrait et la mouche qui lui tournait autour. Il va l'avaler, ai-je pensé. Je n'entendais plus rien que le ronflement de grand-père et le bourdonnement de la mouche.

Le silence encore. Mes tantes et mes oncles continuaient à s'époumoner, mais je ne les entendais plus. Je voyais mes oncles ouvrir la bouche, secouer la tête, agiter les bras, brandir des doigts vengeurs. Je voyais mes tantes montrer les dents, froncer les sourcils, se planter les mains sur les hanches qu'elles avaient fort rebondies d'ailleurs, mais rien d'autre n'emplissait mes oreilles que la mouche et la bouche de grand-père.

*

Sacha gémit un peu. Le délire reprend. Cette fois, il marmonne qu'il faut le laisser tranquille, non ce n'est pas moi, laissez-moi… mamma ! Je lui éponge le front. Il se plaint qu'il a mal aux jambes et me regarde avec ses yeux de bébé phoque. J'ai une soudaine bouffée de sympathie pour Brigitte Bardot.

Je sors dans le couloir vert insipide pour chercher de l'aide. La salle d'attente attend, elle aussi. Des enfants, un peu partout, pleurnichent, se traînent ou reposent, léthargiques, dans les bras de leurs parents, qui se tassent sur leurs chaises, le regard vide. Dans le fond de la pièce, une télé muette joue l'insouciance. Elle ne trompe personne. Une infirmière passe avec un petit chariot plein de dossiers. Elle me regarde à peine, en murmurant sur un ton pas du tout convaincant que ce ne sera plus très long.

*

Mon père n'a pas trouvé l'occasion de me parler en tête à tête. Ou n'en a pas eu envie. Ou pas le courage. Je n'ai pas osé poser de questions. On m'a embrassée, serrée, étouffée, puis poussée dans la Dauphine avec ma petite valise. Il a conduit jusqu'à Casa avec l'air d'un Japonais partant à la pêche à la baleine, en plein moratoire.

Je serrais Françoise, ma poupée, cheveux blonds et robe de velours rouge un peu râpé, si parisienne pourtant, que mes cousines m'enviaient. Elle avait certainement connu des jours meilleurs, même si son séjour aux portes du désert n'avait ni tanné son front, ni endurci ses pieds de porcelaine. Les miens, si. Elle restait la princesse que je ne serais jamais. Elle restait ce fil ténu, lien tangible, lien fragile, tendu vers ma mère. Elle me parlait, la nuit, quand je ne pouvais pas dormir. Elle me racontait les jours d'autrefois. Avant la maladie de ma mère, avant le grand malheur, quand elle nous emmenait, Ludo et moi, en promenade. Quand, au Jardin des Plantes, elle nous payait des tours de chameau.

Le guide le faisait s'agenouiller, replier sous lui ses longues jambes pelées et calleuses. Une dizaine de gosses s'asseyaient en se bousculant dans le panier juché sur sa bosse. Le chameau se levait alors dans un tangage qui faisait crier de délice sa cargaison piaillante. Nous partions en cahotant sous le couvert des platanes. On allait au bout de l'allée, jusqu'au musée d'Histoire naturelle qui était désaffecté, et l'on revenait devant le bac à sable d'où l'on était partis. Ma mère nous attendait en souriant. Je n'aimais pas trop ça, mais elle avait l'air de penser qu'il n'y avait rien de mieux au monde que de faire un tour de chameau. Plus tard, quand j'ai vu les troupeaux menés par les Berbères nomades traverser le *ksar*, j'ai compris que les madeleines de ma mère ne sentaient ni la vanille ni l'eau de rose.

Et puis, ma mère avait été malade. Les promenades en chameau avaient cessé. Un jour, même le chameau avait disparu du Jardin des Plantes. J'en étais secrètement contente, essayant d'ignorer un vague sentiment de culpabilité qui obstinément remontait à la surface. Ce devait être ma faute. Je ne l'avais pas assez aimé. Et puis, un jour, la directrice était entrée dans la classe de Mme Rousseau. Après lui avoir chuchoté quelques mots, elle m'avait appelée. J'avais traversé la classe dans un silence curieux. Chaque pas m'envoyait un battement de cœur un peu plus au fond de la gorge, laquelle se resserrait au fur et à mesure avec la certitude d'un malheur imminent. Il fallait que je rentre à la maison. Je m'attendais au pire.

Je partais en voyage, avait annoncé la directrice. Un instant, je soupirais d'aise. J'ai toujours aimé partir. J'aurais dû me méfier. Les voyages ne sont pas toujours légers. Celui-ci avait commencé par un silence bavard. La destination, la raison, la durée, rien n'avait été expliqué. Pourtant, tout le monde parlait. N'arrêtait pas de parler. Les mots comme barrage à la douleur. Les mots comme frontière à l'émotion. Les mots comme remparts. Les mots comme défense. Et puis le rire aussi. Il faut bien survivre. On m'avait emmenée chez ma grand-mère, aux portes du désert. Je n'y avais pas été malheureuse. Seulement triste et en attente. Et puis, mon père était venu me chercher.

On a refait le voyage dans l'autre sens et toujours en silence. Mais quelque chose dans ce silence avait fondamentalement changé, je le sentais. Je devinais que l'avenir n'aurait rien de drôle. Peut-être parce que mon père, quand il me regardait dans le rétroviseur, fronçait les sourcils, en me disant :

— Ça va, Miss Pépette ?

Je lui disais que ça allait. Il n'ajoutait rien. Je le sentais embarrassé. Je me vengeais sur mon pouce, en sachant confusément que ce voyage était une oasis. Un moment pour reprendre des forces.

J'ai toujours aimé partir. Je profitais du paysage. Je me délectais de la vie insouciante des villageois, comme elle m'apparaissait à travers les vitres de la Dauphine jaune citron. Je regardais les enfants qui accouraient au bord de la route, à notre passage, sortis de nulle part. Je m'amusais de dépasser les ânes et les mulets, chargés comme le veut la formule. Je faisais coucou de la main aux petites filles qui tendaient les leurs chargées de colliers en verroterie. Je souriais aux femmes aux foulards chamarrés, aux robes brillantes, qui portaient de l'eau dans des seaux en plastique aux couleurs vives. Je me racontais des contes de fées. Mélangés aux récits des exploits de la fameuse princesse juive berbère Kahena, que m'avaient racontés mes cousines. Dans des décors terre et ocre, comme ceux qui défilaient sous nos yeux. Avec batailles épiques. Résistance. Victoire. J'ai toujours aimé partir.

Cela a sans doute commencé très jeune. Peut-être à cause des balades que faisaient mes parents chaque week-end en vélo, un enfant chacun sur le porte-bagages. Ou des virées en 4 CV aux grandes vacances. Ils partaient en bande. Camper au bord de la Marne. Dans la forêt de Fontainebleau. Dans les gorges du Verdon. Dans les Landes. Ils faisaient des feux de camp, de la varappe, des matchs de foot ou de volley, des gymkhanas. Mon père et ma mère s'habillaient pareil. Shorts kaki, pulls norvégiens et grosses chaussures de marche. Les enfants, nus ou presque, couverts d'un chapeau pointu improvisé dans du papier journal, croquaient des spaghettis crus devant la guitoune. C'était avant le rétrécissement de la couche d'ozone. On nous laissait courir partout, on nous soulevait de terre, on nous balançait dans les airs, on nous embrassait, on nous savonnait, on nous rinçait dans la rivière. C'était avant le taux alarmant de mercure trouvé dans les poissons. C'était le paradis. Enfin, c'était comme ça sur les photos de l'album que j'ai trouvé, posé sur mon lit, en rentrant d'Amezrou. Parce que moi, en rentrant à Paris, face à cette dame inconnue qu'il fallait que j'appelle maman et vers qui mon père me poussait en me disant de l'embrasser voyons, puisqu'elle EST ta nouvelle maman, moi, du coup, j'ai tout oublié. Quand la dame m'a montré du doigt l'album, qu'elle avait fait juste pour moi, de ma Maman-Massouda-qu'il-ne-fallait-pas-oublier, je ne me souvenais plus de rien. C'est à croire que je le faisais exprès. Ensuite, ça n'a fait qu'empirer. Ma mauvaise tête. Mon mauvais caractère. Ma mauvaise volonté. J'ai mis très longtemps à retrouver la mémoire.

6

Un bruissement me fait lever la tête. Je m'étais presque endormie. Le docteur est là, un dossier à la main. Il entreprend un discours en jargon médical, et en anglais bien sûr, dans lequel je parviens à discerner quelques mots rassurants. Mais la fatigue m'envahit. La tête me tourne et j'ai des points noirs devant les yeux. Je dois m'asseoir. Le docteur me pose une main sur l'épaule et continue de parler. Sa main diffuse une chaleur réconfortante. Je ne comprends pas tout mais, en gros, l'hypothèse de la méningite semble écartée. En partant, le docteur m'affirme avec un sourire qu'à son avis ce n'est rien. Mais il faut quand même attendre les résultats de tests plus poussés. Sacha doit passer la nuit en observation. Il repose calmement. Enfin. Ses joues ont repris leur couleur naturelle. Pêche. Sa peau douce et éclatante. Dorée et veloutée.

*

« Peau de pêche », c'est comme cela que m'avait appelée l'écrivain aux yeux rieurs en me signant un autographe au Salon de l'enfance.

Comme tous les jeudis, la marâtre nous avait lâchés dans Paris avec deux tickets de métro chacun et quelques francs.

— Revenez à six heures ce soir.

Pas avant, pas après. L'heure, c'est l'heure.

Alors on allait au musée. Dans les jardins, s'il faisait beau. Au cinéma. Aux Salons — de l'agriculture, du livre…

Voir les jouets dans les grands magasins au moment de Noël. On était libres et tristes.

Ce jeudi-là, on a passé la journée au Salon de l'enfance, Ludo et moi. Je me suis faufilée entre toutes ces jambes, les yeux au ras des genoux, pour aboutir devant sa table. Je l'ai tout de suite reconnu. C'était lui qui me souriait à la télé le soir, quand j'étais lovée dans les bras de mon père, avant mon séjour à Amezrou. Avant mon retour, avant l'enfer.

La télé était apparue au salon en même temps que ma mère avait disparu. La vie n'entrait plus désormais que par cette lucarne en noir et blanc. Compensation cathodique, miroir du monde, évasion fictive. On la regardait tous les soirs, pour tromper la tristesse. Et l'on avalait tout, jusqu'à l'indigestion. Mon soir favori était le lundi. Ce soir-là, le programme finissait très tard, avec *Lecture pour tous*. Alors, je pouvais m'endormir sur les genoux de mon père, bercée par des phrases incompréhensibles, murmurées dans une langue exotique. Mes neurones assoiffés, en mal de mots, absorbaient certains titres, certains noms qui ont guidé plus tard mes premières lectures sérieuses. *Un certain sourire*, Jacques Sternberg, *Moderato Cantabile*, Raymond Queneau, *Le degré zéro de l'écriture*. La chaleur de mon père, l'heure tardive, les voix posées, berceuse ambiante. Le répit, le délicieux répit. Quand on reprend des forces avant l'heure fatale. Celle où il faudrait aller me coucher sans les baisers de ma mère. Faire face à l'absence. Affronter l'heure de la petite mort. L'heure des cauchemars. J'essayais de me convaincre d'être brave.

— J'ai de la chance, je suis née après la guerre.

La marâtre me forçait tous les matins à ingurgiter un énorme bol de café au lait à la surface duquel se formait immanquablement une peau qui me donnait des haut-le-cœur.

— L'avenir appartient à ceux qui *mangent* tôt, disait-elle en me le servant.

Je restais là, devant ce bol qui me révulsait, et dont le niveau ne faisait que monter, alimenté par mes larmes.

— Tu vas être trop en retard pour bien faire et tant pis pour toi.

Rituel matinal quotidien. Elle était butée, moi aussi.

— Tu es têtue comme une *nulle*, aimait-elle à répéter.

La marâtre ne parlait qu'en expressions toutes faites. Les pentes étaient constamment savonneuses ; le temps, un condamné à mort ; sa volonté, de fer. À ma plus grande joie, elle les déformait et les confondait souvent. Ainsi, elle vous passait une pente savonneuse pour vous guérir du vice, elle tuait le temps de cochon quand elle le trouvait trop long et sa volonté était bel et bien une main de fer, mais sans gant de velours. Au début, j'avais ri innocemment. Je la trouvais drôle. J'appris vite à rire intérieurement, puis à ne plus rire du tout. Mon impuissance, l'injustice, l'absence, la bêtise, le basculement dans le fracas me faisaient perdre le sens de l'humour et découvrir la haine. Même le silence était devenu violent. La vie me semblait désormais un châtiment sans fin. La maison, un État policier. « Tout ce qui ne vous tue pas vous rend plus fort », disait Nietzsche. La marâtre était visiblement en faveur de la sélection naturelle. Une darwiniste pure et dure.

La nuit aussi avait changé de couleur. Entre l'heure du coucher et l'heure du cauchemar, s'étalait mon seul territoire de liberté. Presque en sécurité dans le noir, je soulevais les doubles rideaux pour regarder la lune et, les nuits nuageuses, les lumières des autres. Ceux qui vivaient dans la vraie vie.

*

Mon père n'habitait plus ni son corps ni sa famille. Il faisait de la figuration. Je le surprenais parfois, figé sur une chaise de maroquin rouge, à l'entrée de la salle à manger, coincé entre la porte et le buffet massif. La radio hurlait. La marâtre s'affairait dans SA cuisine. Défense d'entrer. Il en sortait des effluves de lessive bouillie, mêlés à ceux du choux-pommes-de-terre quotidien. Elle était hongroise et catholique ; on était loin des sensualités méditerranéennes de ma mère. Fini les senteurs de safran, de cumin, de coriandre, de cardamome, de coings, de citron et d'oranges amères. L'eau de Javel avait remplacé l'eau de fleur d'oranger.

Immobile sur sa chaise, les mains posées à plat sur ses cuisses, mon père regardait dans le vide, sans ciller. Il semblait mort. Un jour, je lui ai demandé ce qu'il faisait.

— Rien.

À quoi il pensait.

— À rien.

Ce rien m'a semblé vertigineux. C'est important, un rien dont on ne peut pas parler.

Je suis allée dans ma chambre. Sur ma petite chaise, je me suis assise. Les mains à plat sur les cuisses. Le regard dans le vide. Je me suis appliquée à ne penser à rien. Bientôt, mes yeux ont rejoint l'infini et mon cerveau a suivi. Dans une spirale hypnotique, j'ai vu les générations se succéder, les univers défiler, et je me suis surprise à osciller sur ma chaise en répétant le mot *toujours*. J'avais découvert un lieu où l'on ne pouvait plus m'atteindre. Un espace apaisant, où tout était possible, à commencer par être soi. Je me trémoussais sur ma chaise, les yeux dans le vide, absorbée par cet ailleurs improbable, au bord d'un plaisir depuis trop longtemps oublié, quand des serres géantes se sont abattues sur mes épaules.

Cet arrêt brutal d'un plaisir solitaire démarrait l'an zéro du siècle des ténèbres. J'avais acquis un nouveau statut. J'étais devenue officiellement diabolique. Il fallait chasser la sorcière en moi. M'exorciser. De sa voix de silex, la marâtre m'a alors interdit de me trémousser sur ma chaise, de regarder dans le vide et de prendre un quelconque plaisir en sa présence comme en son absence. La vie n'était pas un long fleuve tranquille et encore moins pavée de bonnes *inventions*. Après tout, on n'était pas là pour rigoler, ni le vendredi ni le dimanche. Le plus vite je m'en rendrais compte, le mieux ce serait pour tout le monde. L'infini frisson de ma méditation oscillatoire me semblait de plus en plus désirable. Une dimension fantasmatique, sur laquelle le quotidien n'avait plus de prise. C'est à ce moment-là que j'ai découvert le cinéma.

*

Ben-Hur en jupette et bretelles de cuir arrêtait son char juste avant de culbuter la couchette où Angélique Marquise des Anges allait subir les derniers assauts de soldats mal embouchés. Le balcon du grand cinéma de la Bastille était rempli de gamins qui suçaient leur Miko. Alain Delon faisait du marché noir pour séduire sa belle fiancée sur le Chemin des écoliers, alors que Claudia Cardinale se faisait étroitement surveiller par son frère le Sicilien, complice du Pigeon. Les gamins hurlaient de joie et sifflaient d'admiration. Sophia Loren, allongée sur un divan rouge, soulevait sa chevelure d'une main nonchalante. Le benêt qui lui faisait face succombait à son charme en moins de deux. Garçons et filles retenaient leur souffle. Le soir même, j'ai essayé sur mon frère. Il ne m'a même pas regardée.

La faute sûrement au coiffeur, qui m'avait pratiquement rasée sur les consignes de la marâtre.

— C'est péché, avait-il dit avec son chaleureux accent, c'est péché de les lui couper, ses boucles blondes, c'est un vrai petit soleil.

La marâtre avait été inflexible. Ça prenait *un temps de chien* pour les démêler. Et j'avais toujours l'air d'un *brouillon de poule*. Le coiffeur avait ri, en répétant plusieurs fois :

— Un brouillon de poule !

La marâtre l'avait crucifié du regard, mitraillé du sourcil et soumis à l'épreuve de la roue en quelques moues très efficaces. Le coiffeur s'était exécuté. J'étais ressortie en Jeanne d'Arc naine. Sauf que les voix que j'entendais ne me poussaient pas à bouter la marâtre hors de la rue Buffon. Elles se contentaient de ricaner que j'aurais l'air fin le lendemain à l'école.

Mon corps ne m'appartenait plus. Je devais passer l'examen quotidien de la propreté. Derrière les oreilles, sous les ongles, dans les recoins les plus intimes de mon anatomie. Rien n'était jamais assez propre. *Recommence.* Même après brossage, frottage à la pierre ponce, savonnage méticuleux. *Recommence.* Il aurait fallu que je sois aseptisée, briquée, javellisée comme elle s'employait éternellement à rendre l'appartement. *Recommence.* Il aurait fallu que je sois une poupée de porcelaine dans sa vitrine rutilante. *Recommence.* Il aurait fallu que je sois un bibelot en verre de Venise, qu'elle aurait pu épousseter et placer avec une précision maniaque bien au centre du napperon en dentelle que crochetait inlassablement sa mère en écoutant des valses de Strauss. *Recommence.* Une fois posé, que personne n'y touche. Mais j'étais une petite fille, remuante, curieuse, rêveuse. Mes ongles étaient noirs, mes cheveux emmêlés, mes genoux écorchés. En plus, j'étais la fille de mon père. Je le faisais vraiment exprès.

« Si tu donnes le couscous, disait souvent grand-père Zitoune, donne aussi le bouillon. » Bouillon, brouillon, qu'à cela ne tienne ! L'important, c'était d'être généreux. La marâtre l'avait bien compris. Elle nous distribuait sans compter des compliments que nous prenions pour des insultes. Nous étions tellement susceptibles. Des gifles et des coups à son corps défendant. Ce n'était pas de sa faute, nous l'avions vraiment cherché. Des blessures à l'âme sur lesquelles elle s'empressait de verser un peu d'acide, histoire de faire bon poids. Ni mon frère ni moi n'y trouvions aucun plaisir. Nous n'étions décidément jamais contents. Nous avions été mal éduqués. Heureusement, tout cela allait changer. Foi de marâtre.

Pour commencer, il fallait l'appeler maman. Histoire de remettre un peu d'ordre dans cette famille. Chacun à sa place et une place pour chacun. Mais aucune pour les morts. Chaque fois que je devais prononcer le mot *maman*, je crachais en pensée, comme j'avais vu Sadia le faire quand elle parlait de son mari qui la battait et qu'elle avait fui en se réfugiant chez ma grand-mère.

Et puis, il fallait l'embrasser plusieurs fois par jour. Lui souhaiter un bon anniversaire, une bonne fête des Mères, avec un sourire *sincère*. Et pour l'occasion, lui acheter un bouquet de fleurs, lui faire un dessin, lui écrire un poème. Elle avait raison de me traiter de menteuse, tricheuse, copieuse, voleuse. Ce n'était pas pour elle que je l'avais écrit, ce fameux poème. Ni pour ma Maman-Massouda-qu'il-ne-fallait-pas-oublier, comme je devais l'appeler désormais. Cette année-là, l'année de mes six ans, l'année de tous les péchés, l'institutrice nous a demandé d'écrire un poème. Pour la fête des Mères. J'ai eu envie de faire la grève. *Je refuse.* Une manif même. Protester. Croiser les bras et ne pas bouger. *Je refuse.* La maîtresse aurait appelé la directrice à la rescousse, qui m'aurait ordonné de la suivre dans son bureau. *Je refuse.* Je serais restée les bras croisés à mon pupitre. Lèvres serrées. *Pourquoi ?* Je n'aurais pas dit un mot. La directrice, pour ne pas perdre la face, aurait essayé de m'arracher à mon bureau. *Je refuse.* J'aurais résisté. Elle m'aurait traînée avec mon pupitre sur quelques mètres. *Je refuse.* J'aurais lâché prise soudainement. Pour la voir presque culbuter sous la brusque différence de poids. J'aurais souri intérieurement. Satisfaite. Elle aurait laissé échapper un juron. Malgré elle. Sans me lâcher, elle m'aurait traînée dans le couloir. Et puis, elle m'aurait assise en face d'elle. *Pourquoi ?* Il aurait fallu expliquer. Que je n'en avais pas, de vraie maman. Que je me sentais coupable. De ma trahison de la rentrée. Quand, à la ligne « profession de la mère », j'avais inscrit « sans ». Longtemps, j'avais tourné mon porte-plume entre mes doigts tachés, ne sachant qu'écrire. Morte ? Je n'osais pas. Décédée ? Cela faisait plus poli, moins choquant. Pourtant, je n'en avais pas eu le courage. Ma *nouvelle mère* ne me l'aurait jamais pardonné. Ménagère, alors, comme le conseillait la maîtresse pour les mères à la maison. Mais je ne pouvais m'y résoudre, puisqu'elle n'y était pas, ma mère, à la maison. « Sans » m'avait semblé le mot parfait. Moi sans mère et la marâtre sans profession. Parfait peut-être, mais un peu hypocrite quand même. Il aurait aussi fallu expliquer que je n'avais aucune envie de souhaiter bonne fête à la marâtre. *Pourquoi ?* Je n'avais vraiment pas envie d'en parler. Alors, au lieu de faire la grève, au lieu d'affronter la maîtresse, la directrice et, surtout, la marâtre, je m'étais arrangée avec ma conscience. J'avais fini par écrire des vers guimauve collante, ni originaux ni sincères, colorés au E234 et assaisonnés d'additifs synthétiques, qui ne s'adressaient vraiment ni à l'une ni à l'autre. En guise de remerciement, elle m'avait accusée, avec sa délicatesse habituelle, devant la famille réunie (y compris mon cousin Doudou), d'avoir plagié. Plagié quoi ? Du Rimbaud ?

7

La porte s'ouvre et découpe un écran de lumière sur le lit de Sacha. Il geint un peu en se tenant le ventre. Je m'étais assoupie. L'infirmière est là et prend sa température. Elle sort précipitamment et revient avec le docteur. Ils m'expliquent que la température de Sacha continue à jouer les filles de l'air. Elle fait le yoyo, monte et descend sans raison apparente. Le docteur secoue le thermomètre et la tête. Il n'y comprend rien et ça se voit. Il fait semblant de consulter ses fiches. Pourquoi pas des antisèches ? Je commence à douter de lui, de ce pays, de la science, du monde… Pour le destin, je n'ai jamais eu aucun doute.

*

Mektoub, c'est le destin. C'est ce qu'il avait dit, grand-père Zitoune en apprenant la nouvelle. Et puis, il avait eu une attaque. C'était le destin et c'était aussi son soleil, son rossignol, la lumière de ses yeux. Son premier enfant né à Amezrou. C'est pour ça qu'il l'avait appelée Massouda, la chanceuse. Celle qui avait de la chance et surtout celle qui l'apportait. Sa première fille après trois garçons. Ange, Prosper et Sauveur. Ensuite, deux autres filles étaient nées, qui avaient aussi reçu des prénoms de bon augure. Kenza, le trésor, et Ranya, la fortunée. Dans la famille Zitoune, les prénoms avaient valeur de porte-bonheur, de prophétie et de bagarre garantie dans la cour d'école. Les enfants sont cruels, dit-on. Et comme tous les naïfs, ils s'arrêtent à l'habit du moine.

Mon grand-père était un optimiste. Superstitieux et joueur comme tout Tunisien qui se respecte. De toute évidence, il ne gagnait pas à tous les coups. Mais, l'un dans l'autre, il ne s'était pas beaucoup trompé.

Oncle Prosper allait très bientôt partir faire fortune en Amérique avec femme et enfants. Ils fantasmaient sur la libre entreprise et la liberté de prier en paix, que Dieu les bénisse ! Ses enfants ne cessaient de parler du Nouveau Monde. Le Far West par-ci, le rêve américain par-là. Une obsession telle que nous avions rebaptisé nos cousins, futurs Américains, des noms des vedettes d'Hollywood en vogue à l'époque. Même les adultes s'y étaient mis. Katherine Hepburn, arrête de gémir, tu nous soûles ! Maman, Humphrey Bogart m'a piqué mes billes ! John Wayne, veux-tu bien sortir tes doigts de ton nez ! Vivien Leigh, tu veux que je t'aide ? Arrête de t'empiffrer de pistaches, on va bientôt dîner.

Tante Ranya, la petite reine, avait épousé le plus jeune de sept frères d'une vieille famille rabbinique, Salomon Benathan. Le jeune Salomon se destinait à un brillant avenir de poète-rêveur-philosophe quand la mort subite du père nourricier avait forcé les sept frères à se lancer dans les affaires. Ensemble, ils avaient monté, à Casablanca, la plus grosse usine de cornichons à l'ouest de Bab el-Oued. De son côté, tante Ranya la fortunée avait été envoyée dans la ville blanche par ses frères et sœurs, qui s'étaient cotisés pour qu'au moins une de la famille suive des études. Elle avait mis un point d'honneur à ne manger qu'un repas par jour afin de pouvoir, avec l'argent ainsi économisé, s'inscrire dans le club de tennis où se retrouvait la jeunesse dorée du pays et s'y dégoter un mari avant la fin de ses études secondaires. Son exploit accompli, notre Blanche-Neige orientale, que l'on devait maintenant appeler Béatrice, régnait sur l'empire vinaigré des sept nains Benathan, industrieux, fortunés et casablancais.

Oncle Sauveur, lui, avait épousé une beauté polaire, tante Olga la Polonaise, qu'il tentait de dérider à coup de blagues et de jeux de mots, et avec qui il avait eu deux fils, Simon et Doudou. Malgré la chaleur, les farces salutaires de son mari laissaient de glace tante Olga, ce qui prouvait bien sa grande force de caractère.

Tante Kenza le trésor, malheureuse en amour et heureuse au jeu, comme le veut le dicton, était la joie de vivre en personne. Elle égayait toute la tribu de chansons et d'anecdotes qu'elle rapportait de la boulangerie où elle travaillait. Elle aimait pétrir le pain, disait-elle en rentrant le minois enfariné, on pouvait rêver en paix tout en tenant ses mains occupées et ses oreilles disponibles. Le pétrin des autres, il n'y a rien de tel pour vous faire voir votre propre vie en rose.

Quant à l'oncle Ange, il était mort pendant la guerre contre le diable, de l'autre côté de la Méditerranée, et l'on ne savait même pas où il était enterré. Tante Paula la Russe (sa veuve) et tous leurs enfants (au moins six, dont l'aînée, ma cousine Lucie, était une sœur pour moi) étaient revenus dans la maison ocre de ma grand-mère, aux portes du désert, où les dattes et le miel adoucissaient un peu leur vie. Ils aimaient à répéter que leur père était le plus célèbre des soldats français. Dans toute la France, sur la place de chaque village, un monument lui était élevé. « Seulement, les Français, *meskine*, les pauvres, nous confiaient-ils avec un sourire entendu, ils ne savent pas épeler Ange Zitoune, alors ils l'appellent le Soldat Inconnu. »

Restait Massouda, la chanceuse. Mauvaise pioche, grand-père. Pour la chance, on repassera.

Ma grand-mère était née en Algérie. Mon grand-père, en Tunisie. Après un mystérieux revers de fortune et la naissance de Sauveur, ils avaient émigré au Maroc, à Amezrou, dans les environs de Zagora, où un vague parent de ma grand-mère, désireux de prendre sa retraite, les avait encouragés à s'installer. Grand-père Zitoune lui avait racheté sa palmeraie, vestige de la florissante communauté juive qui y avait vécu à partir du IXe siècle. Tunisiens par leur père, Algériens par leur mère, Marocains par le pays où ils avaient grandi, Français par la loi, la langue et leur choix (sauf Prosper l'Américain), mes oncles et mes tantes essayaient de se trouver une identité dans ce labyrinthe généalogique. « Notre famille, disait Sauveur, ce n'est pas une famille, c'est les Nations Unies. » Prosper, qui, en prévision de son départ en Amérique, apprenait l'anglais dans un livre rapporté de Casablanca par tante Ranya, où il avait découvert avec étonnement que non seulement son tailleur était riche mais qu'en plus sa sœur n'était pas un garçon, répondait en s'appliquant à sortir la langue pour prononcer le son *th* comme illustré dans le manuel : « *We are the Melting Pot !* » Sauveur, qui, lui, avait appris l'anglais pendant la guerre en rejoignant les forces libres à Londres, répliquait : « Quand le pot fond, le fond pète ! » Ça nous faisait rire. On riait pour un rien.

Rentrée à Paris, je me répétais souvent que si nous étions les Nations Unies... ça en faisait du monde ! Privée de mère, d'histoire, de racines, séparée des miens, coupée du monde, sevrée d'amour, assoiffée, asséchée, je parcourais ce dédale exotique qui m'était aussi familier que le chemin école-des-filles-maison que je faisais quatre fois par jour. Je me remémorais les blagues d'oncle Sauveur, les espoirs d'oncle Prosper, les anecdotes de tante Kenza, les merveilles de tante Ranya. C'était désormais les noms et les surnoms de mes oncles, tantes, cousins et cousines que j'égrenais quotidiennement pour ne pas les oublier. Car je ne les voyais plus. Ou presque. Sauf une fois par an, l'été, quand, pour se débarrasser de nous, la marâtre consentait à nous laisser partir au Maroc. On pouvait alors refaire le plein de souvenirs qui nous permettraient de tenir une année tout entière.

8

À Paris, j'ai essayé de rentrer dans le moule, d'être comme on voulait que je sois. Mais comment faire entrer un geyser dans un minuscule flacon d'opaline ? J'étais devenue incapable de savoir qui j'étais, et encore moins la fille de qui. À force de sourire quand je voulais pleurer, à force de dire merci quand je voulais mordre, à force d'obéir quand je voulais m'enfuir, à force d'obtempérer, de courber l'échine, de tendre la joue gauche, de refouler mes larmes, mes cris, mon indignation, ma révolte, mes insultes, ma haine, mes pulsions meurtrières… À force, à force de ravaler tout ça, j'ai fini par grossir. Un peu. Ma grand-mère et mes tantes se réjouissaient. La petiote n'était plus un moineau écorché. Elle commençait à ressembler à un pigeon et bientôt on pourrait le farcir de couscous ou l'accommoder en *pastilla*[1]. Mes tantes me chatouillaient et me taquinaient jusqu'à ce que je crie grâce. C'était le baptême d'Amezrou. Ensuite, j'étais de nouveau un membre de la tribu, sans traitement spécial. Et presque heureuse.

L'été de mes sept ans, sans aucune explication, j'ai découvert que ma famille n'habitait plus dans la maison ocre de ma grand-mère, là-bas dans la ruelle étroite qui menait aux palmeraies. La veuve d'Ange, tante Paula la Russe, toute sa marmaille, tante Kenza le trésor et ma grand-mère s'étaient installées dans un appartement de la rue de France à Casablanca. Au dernier étage. Elles faisaient toujours sécher le linge sur une

---

1. Plat de fête marocain — feuilleté farci de poulet et d'amandes.

terrasse aux tommettes rouges, mais ce n'était plus la mer de palmiers que l'on dominait. Les rouleaux de l'Atlantique, au delà de l'océan des murs blancs de la ville, faisaient le dos rond.

Les bruits aussi étaient différents. Les klaxons des voitures, les sonnettes des bicyclettes, les marchands des rues, «vieux-z-habits! vieux-z-habits!», la rumeur de la ville. Tante Kenza travaillait à la boulangerie française, rue Lyautey. Elle ne pétrissait plus le pain. Elle se tenait à la caisse et surveillait les vendeuses. Elle disait en riant que monter en grade, c'était mieux payé, mais moins plaisant. L'argent était plus froid que la pâte à pain.

Oncle Prosper, tante Zouina et leurs quatre enfants étaient enfin partis en Amérique. À Miami.

— On ira un jour tous les deux, m'a dit mon cousin Doudou qui avait un faible pour moi. Il y a des palmiers sur la plage, a-t-il ajouté comme argument massue.

— Et des dattes? ai-je demandé.

— T'es bête! Pourquoi pas des bananes?

Oncle Sauveur, tante Olga la Polonaise, Simon et Doudou s'étaient installés dans un pavillon, à quelques jardins de la villa de tante Ranya la fortunée. Dans un quartier résidentiel aux rues bordées de bougainvilliers.

Désormais, Ludo et moi, on passait l'été chez tante Ranya. J'aurais préféré l'appartement des veuves (comme l'appelaient Simon et Doudou sans que je sache pourquoi), mais personne ne m'avait demandé mon avis.

Chez Ranya, tout était luxe, tempête et volupté. Mis à part les crises d'hystérie quotidiennes et l'interrogatoire minutieux et non-stop qu'il fallait subir dès notre descente d'avion, c'était le paradis. Dis-moi, dis-moi, dis-moi, et qu'est-ce qu'elle dit, et qu'est-ce qu'elle fait, dis-moi, dis-moi, dis-moi... (*Elle* étant la marâtre, bien sûr.) Et nous, de peur de déclencher la troisième guerre mondiale, on ne disait rien. Ou presque. Mais ça suffisait.

— Je vais lui arracher les yeux, à celle-là.

J'en faisais des cauchemars. Terrorisée à l'idée du retour. J'essayais de tenir ma langue. Peut-être que je mentais? Peut-être qu'à force de me faire traiter de menteuse, je ne savais plus où était la vérité. Je n'étais peut-être pas aussi malheureuse que ça. Peut-être que j'inventais, comme disait la marâtre. Et puis, de ce côté-ci de la Méditerranée, la vérité semblait un concept plutôt élastique.

— Allez, ma chérie, mon poupon d'amour, raconte-moi. Tu sais que tu es ma nièce préférée ? Sur ma vie ! Tu es comme ma fille, la vérité vraie.

Le miel de ses paroles m'enrobait aussi sûrement qu'il recouvrait les oreillettes[2] que ma grand-mère nous envoyait pour la Mimouna[3]. (« Mais enfin, maman, ils ne font pas la Mimouna à Paris ! »)

Entre deux courses avec Ranya, on allait rendre visite au reste de la tribu, rue de France. Elle entrait comme une tornade sans même prendre le temps d'embrasser sa sœur qui lui ouvrait la porte.

— La vérité, Kenza, je ne reste que quelques secondes, je suis très mal garée, t'as une petite mine, toi, tu devrais te maquiller.

Ludo et moi, on embrassait en file indienne, les joues tendues de ma grand-mère, de mes tantes, cousins, cousines et de Sadia.

— Je suis tellement en retard, je meurs, soupirait Ranya en s'affalant dans un fauteuil. Je t'en supplie, Paula ma fille, sois gentille, apporte-moi un verre d'eau, j'ai pas la force de bouger. Mais dis-moi, toi, disait-elle en attrapant au vol l'une de mes cousines, t'as une tache à ton tablier, et toi, va te laver les mains tout de suite. Sans te commander, maman, ne sors pas les biscuits, faut que je file. Elle se levait d'un bond sur ses talons aiguilles, défiant toutes les lois de la gravité, et, légère et court vêtue, retraversait en trombe l'appartement. Elle nous tirait des bras de mes tantes, des taquineries de mes cousins, des sucreries de ma grand-mère, des sourires de Sadia et nous enfournait de nouveau dans la voiture.

— Sur ma vie, les enfants, je suis tellement pressée que je n'ai même pas eu le temps de faire pipi de toute la journée !

---

2. Pâtisserie ronde, frite et enrobée de miel.
3. Fête célébrée au Maroc qui marque la fin de la Pâque juive.

Ma parole, elle devait porter des couches parce qu'elle n'arrêtait pas de le répéter. Mais déjà, on était en double file dans la voiture, à attendre qu'elle ait fini la toute petite course qu'elle devait absolument faire aujourd'hui.

— Attendez-moi une seconde, une seconde, la vérité, et après je vous promets, les enfants, qu'on va faire des choses formidables, même pas en rêve vous les avez vues. Je vais vous gâter. Sur ma vie !

De temps en temps, tante Ranya nous regardait dans le rétroviseur et nous demandait ce que nous voulions faire plus tard.

— Explorateur, disait Ludo. Ou alors inventeur. Ou alors chimiste. Ou alors ingénieur. Ou alors…

— Et toi, ma chérie ? me demandait tante Ranya en profitant de ce que Ludo reprenait sa respiration.

— Goûteuse de cornichons dans l'usine d'oncle Salomon ? répondait Ludo sans me laisser le temps d'ouvrir la bouche. Non, percussionniste du pois chiche ! Tu n'auras qu'à secouer la tête…

— Ou alors, danseuse au bal des petits lits blancs ? renchérissait tante Ranya.

— Mais non, protestais-je naïvement, mais non, pas du tout !

— Alors, bergère aux blancs moutons ?

— Suceuse de pouce professionnelle ?

— Mais non, criais-je, exaspérée, je veux être gardienne au musée du Louvre !

Ludo et tante Ranya éclataient de rire. Je ne voyais pas ce qu'il y avait de drôle. Alors tante Ranya me disait que je n'avais vraiment pas le sens de l'humour.

— Ce n'étaient que des taquineries, me lance Ludo un peu piteux, tu ne peux pas nous en vouloir pour ça !

Mais non, Ludo, je ne vous en veux pas. Je me souviens simplement. Et mes souvenirs d'enfance, à la manière de ceux de Baudelaire, débordent de tirades moqueuses, de couleurs, d'odeurs et de saveurs, de *darboukas* vibrant derrière les bougainvilliers et de courses — ça des courses ! — des courses à n'en plus finir.

D'ailleurs, les journées étaient une longue et interminable course, qui s'écoulait de double file en embouteillage,
de « raconte-moi, ma chérie », dont tante Ranya n'écoutait pas
la réponse, en « mon poupon d'amour, tu ne me dis rien » et de
« qui mieux que nous, on est les rois du pétrole » en « j'ai une
migraine affreuse ».

Elle entrait alors comme un ouragan dans le surplus
américain de la rue Centrale, juste à l'heure de la fermeture.
Les vendeurs multipliaient les courbettes, fermaient le rideau
de fer et lui déballaient tous les vêtements qu'ils venaient de
soigneusement plier et ranger. Ludo et moi, on était tellement
gênés qu'on ne regardait rien. D'ailleurs, on ne voulait rien.
Mais tante Ranya achetait. À profusion. Sans aucune hésita-
tion, elle raflait un monceau de vêtements ridicules, aux couleurs improbables, au style détonnant, malgré nos protesta-
tions timides, nos fronts butés et nos dents serrées.

— Mais si, je t'assure, c'est formidable, disait tante
Ranya, tu as vu comme il est beau, ce chandail. Tu vas avoir
l'air d'un roi avec ça à l'école.

Ludo n'osait pas lever les yeux de peur de croiser mon
regard.

— Une vraie princesse, là-dedans, ma biche.

Je détournais la tête pour ne pas voir le regard moqueur
de Ludo. On ne disait rien, trop habitués à obéir. On remerciait
poliment. Dans la voiture, sur le siège arrière, on essayait
d'étouffer le fou rire qui nous secouait.

Enfin, tante Ranya retournait dare-dare à la villa où
l'attendait au garde-à-vous son armée de personnel dévoué
qu'elle affolait de ses cris aigus. Tous partaient alors dans
toutes les directions comme une fourmilière mise en déroute
par un pied géant.

9

Parfois nous allions chez mon oncle Sauveur, mais pas très souvent. Tante Ranya et tante Olga, cela faisait un drôle de mélange. Les griffes et les dents. La glace et le feu. Mais nous, on aimait bien y aller. Simon et Ludo pouvaient se mesurer à loisir en aînés soucieux de faire reconnaître leur supériorité pendant que Doudou et moi, on pouvait rêver en paix, oubliés un instant par nos bourreaux respectifs.

— Bourreaux, t'exagères ! s'indigne Ludo.

Bien sûr que j'exagère, Ludo. Laisse-moi continuer.

Simon et Ludo organisaient des spectacles de marionnettes, dont Doudou et moi étions le public obligé. Leurs œuvres illustraient le plus souvent l'athéisme familial qui, en l'absence de grand-père Zitoune, se manifestait beaucoup plus librement, dès que ma grand-mère avait le dos tourné. Simon nous faisait hurler de rire. Ludo essayait de lui tenir tête.

— Dieu reconnaîtra les siens, mais qui reconnaîtra les autres ? demandait le Guignol de Simon.

— Si Dieu nous a créés à son image, il ne devait pas être jojo, répondait le Gendarme de Ludo.

— Dieu aime les pauvres et aide les riches, constatait Guignol. Et à partir d'aujourd'hui, foi d'australopithèque, ce sera comme d'habitude ! concluait-il, avec sa voix de tête, la Madelon en main.

Simon voulait toujours avoir le dernier mot.

J'ai mis du temps à comprendre le lien étrange qui nous unissait tous les quatre. Je savais depuis toujours que nous étions cousins germains puisque oncle Sauveur était le frère aîné de ma mère. Ce que j'ai découvert, l'été de mes sept ans, dans le jardin de tante Olga la Polonaise, c'est qu'elle était aussi la petite sœur de mon père. Cela faisait de nous quatre des doubles cousins, des presque frères, des descendants des deux mêmes familles, des sujets d'études de la génétique, des cobayes de la reproduction. Des frérots et sœurettes, comme les appellent les Canadiens français qui savent de quoi ils parlent. Dans cet immense pays, à la population éparse, aux fratries nombreuses, encouragées par un catholicisme fervent, ces doubles ou triples mariages étaient fréquents. En France, par contre, c'était plutôt rare et j'étais très fière de cette singularité. Y trouvant une sorte de légitimité. Une espèce de radeau auquel m'accrocher. Perdue en mer peut-être, mais pas seule au monde.

En quoi on se ressemblait, en quoi on différait, ferait l'objet de longues discussions au cours des années. Plus Zitoune que Wakensman ou plus Wakensman que Zitoune ? Eux portaient un nom séfarade, nous ashkénaze. Ils étaient donc les plus forts. C'était évident. Ludo et moi, nous nous inclinions en apparence. Nous n'en pensions pas moins.

Jusque-là, j'avais trouvé normal ce métissage à répétition, qui faisait que presque tous mes cousins chevauchaient la Méditerranée, un pied en Afrique du Nord et l'autre en Europe de l'Est. Toutes les familles n'étaient-elles pas comme la nôtre ?

Ma tante Paula la Russe nous appelait des *retze-retze* [1] ou *retzesheli retzeshelo*, c'est-à-dire expliquait-elle à qui voulait l'entendre avec son accent rocailleux d'Europe de l'Est, montrant ses cinq rejetons : « À moitié à moi, à moitié à lui, Ange, que Dieu le bénisse. » Mais personne, à part Lucie, sa fille aînée, ne l'écoutait. Les relations avec tante Paula et sa place dans la famille étaient encore un mystère pour moi cette année-là.

De toute façon, l'été de mes sept ans, tout était étrange à Casablanca. Dans la ville blanche. Où ma famille nomade venait d'établir son campement. En son début de diaspora.

---

1. *Moitié-moitié* en hébreu.

L'été de mes sept ans, personne ne disait rien non plus de la disparition de mon grand-père Zitoune.

— Il est resté tout seul à Amezrou ? ai-je demandé à Ludo.

Il a haussé les épaules.

— T'es tellement bête, ma pôvre !

Quand, plusieurs étés plus tard, tante Ranya la fortunée m'a emmenée à Amezrou au cours d'un voyage dans le Sud, j'ai dû me rendre à l'évidence, il n'y était pas non plus. D'ailleurs, le village avait été déserté par toutes les familles juives.

De retour à Paris, il fallait subir le contre-interrogatoire. Tout aussi minutieux qu'à l'aller, mais en moins coloré. Qu'est-ce qu'*elle* avait dit, qu'est-ce qu'*elle* avait fait. (*Elle*, c'était tante Ranya bien sûr.) On ne disait rien ou presque, terrorisés à l'idée de déclencher la quatrième guerre mondiale. On se sentait coupables, encore. Traîtres, bien sûr. Menteurs, toujours. On passait à la douane du cœur en quelque sorte. Et malgré notre contrebande évidente, on n'avait jamais rien à déclarer. Rien.

Cette année-là, par contre, dans la cour d'école, je me suis dépêchée de révéler aux filles de ma classe la bizarrerie de mon arbre généalogique. C'était énorme. J'allais enfin les épater. Elles m'ont d'abord lancé un regard de mérou. Puis, avec une moue méprisante, Stéphanie Soroge, celle que tout le monde voulait comme meilleure amie, a dit très fort, pour que même les filles de la maternelle puissent bien entendre :

— T'es le fruit de l'inceste ! C'est dégoûtant !

Et elle m'a tourné le dos. Ça n'a pas loupé, toutes les autres en ont fait autant. Même si la moitié d'entre elles n'avait aucune idée de ce que cela signifiait. On aurait dit qu'elles étaient montées sur un ressort attaché à la Soroge. Ça, pour les épater, je les avais vraiment épatées.

À sept ans, je savais déjà que l'art de la manipulation s'apprend dès le berceau. Et le plaisir de s'en servir s'accroît quand on grandit. Ceux qui ont ce pouvoir résistent rarement.

— C'est profond, ça ! ironise Ludo. Parce que tu n'as jamais manipulé personne, toi ?

Le moins possible, Ludo. Et puis, faire partie d'un groupe, d'un clan, se fermer aux autres, c'est ce qui me semble le plus dangereux. Pratiquement garanti d'y perdre l'indispensable doute. Parfois, sa liberté de penser. C'est pour ça qu'il faut partir, encore et toujours. Partir loin.

10

S acha s'agite. Ses boucles sont collées de transpiration. Le docteur est au téléphone. Je tends l'oreille, mais je n'arrive à saisir aucun indice. Il grogne de temps en temps quelques monosyllabes, façon ado attardé. Quand il a fini, il ausculte Sacha, qui gémit. Il prend son pouls et évite mon regard. S'il pense que je vais le laisser partir sans rien dire, il a perdu la tête. Je ne me laisse plus intimider par le silence. Quand il fait mine de partir, je le retiens par le bras et le regarde droit dans les yeux. Il détourne la tête et me dit qu'il ne sait pas. Il ne comprend pas. Pour l'instant, il n'y a rien à faire, il faut attendre. Une vague de découragement déferle dans la chambre avec fracas. Il ajoute qu'il a appelé un autre pédiatre à la rescousse. Il va revenir avec lui. La vague reflue lentement sous l'effet de l'espoir. Attendons le canot de sauvetage du surdoué de service. Sacha recommence à gémir. Son visage est tout crispé et son corps se tord. Je le berce et lui chante « La biche et le loup » d'Henri Salvador. Il se détend un peu.

*

« Une chanson douce que me chantait ma maman… » Le soir, je me berçais toute seule en murmurant la chanson et je chantais rarement le deuxième vers, « en suçant mon pouce j'écoutais en m'endormant », sans pleurer. Le gris avait recouvert ma planète. Un monde inodore, incolore et sans saveur. Silencieux toujours. Un silence aussi violent qu'inquiet. Je traversais les jours sur la pointe des pieds, de peur de me faire remarquer. « Fais pas ton intéressante », disait la marâtre dès que quelqu'un me prêtait attention. Si seulement j'avais pu me transformer en passe-muraille comme un de ces tableaux de Magritte que j'avais vu au musée un jeudi ! J'aurais voulu être le chapeau melon qui s'envolait dans le ciel, libre, et vite disparu, ou une pipe qui n'en était pas une. Au contraire, j'étais la pomme verte qui jurait dans le décor. La chape de plomb s'alourdissait. Seule échappatoire possible, l'école. Sortant de mon scaphandre pour avaler une grande goulée d'air, j'y dépensais toute mon énergie. La montagne de colère que j'escaladais chaque jour s'y transformait en bravades. Ma vitalité mise en veilleuse se réveillait en sursaut. Il fallait profiter de cet armistice pour emmagasiner des forces. Pour me laver le cerveau des réflexes de repli. Je ne comprenais pas ceux qui disaient ne pas aimer l'école.

Mon exubérance ne m'attirait pas que de la sympathie, sans toutefois m'entraîner dans la zone des causes perdues. La discipline qui m'était imposée à la maison m'empêchait de dépasser les limites acceptables à l'école. Je ruais dans les brancards, soit, mais avec un brin d'esprit. Ce qui devait représenter quelque chose aux yeux de mes professeurs. Ils les fermaient souvent, en raison de mes résultats scolaires, et cela me sauvait la mise devant la marâtre. Mais à peine. Elle trouvait toujours quelque chose à redire à mes carnets de notes, aussi bons fussent-ils.

— Je vais te tirer les *groseilles*, moi, si tu continues à faire le pitre, menaçait-elle. Et tu verras de quel *bois je chauffe les flûtes* !

11

La sueur continue de perler sur le front de Sacha. Sa camisole verte est trempée. Je regarde anxieusement la porte. Qu'est-ce qu'il fait, ce génie de docteur ? S'il tarde encore, mon fils va se noyer dans sa propre transpiration en attendant Dr Godot !

*

Mon père allait aux bains de vapeur, chaque semaine, avec ses copains ashkénazes et communistes. Ils ruisselaient ensemble. Plaisantaient ensemble. Se faisaient masser ensemble. Échangeant des nouvelles de l'ancienne bande. Du temps du camping, de la varappe et du vélo. Mon père changeait de visage loin de la constante surveillance de la mante religieuse. C'est Ludo, qu'il emmenait parfois, qui me l'a raconté. Papa blaguait et riait. Un papa beaucoup plus jeune et plein d'entrain, qui nous rapportait des *loukoums* de la rue du faubourg Saint-Denis et qui avait, ces soirs-là, un certain sourire. Il disparaissait bien vite cependant.

J'étais vaguement jalouse. J'avais bien quelques souvenirs du hammam de la mosquée, au bout de la rue Buffon, où j'allais autrefois avec ma mère. C'était sans doute la seule tradition que mes parents perpétuaient, inconsciemment. Ils pensaient y aller par plaisir, et c'était bien évidemment par hasard que la séfarade allait au hammam et que l'ashkénaze fréquentait le bain de vapeur slave. Pour le récurage du vendredi. La purification avant le shabbat. Mon père y retrouvait son enfance ; ma mère, son pays.

Au hammam, je devais rester aux abords de la première chambre chaude. Ma mère me savonnait et me rinçait, puis me disait de l'attendre. Elle s'enfonçait alors dans les mousselines de vapeur avec sa coupelle d'eau et son gant de crin et disparaissait. Je restais là, dans la pénombre, à regarder les vigoureuses masseuses frotter des corps épanouis ou fatigués, rouges et brillants d'humidité, certains longs et anguleux, d'autres pleins de replis et de recoins mystérieux. Elles s'activaient au savon noir, les rinçaient avec une écuelle en étain, les refrottaient au gant de crin, les re-rinçaient, arrosaient le banc de pierre et passaient à la suivante. Fatiguée par la moiteur, j'allais m'allonger dans la salle de repos, sous les arcades en mosaïque bleue et verte qui entouraient la fontaine centrale. Je m'assoupissais à moitié, au son des chuchotements des femmes étendues et du murmure de la fontaine. Ma mère réapparaissait avec un verre de thé à la menthe et une corne de gazelle. Puis elle s'allongeait près de moi, et je me blottissais dans ses bras. Elle brossait mes cheveux, que j'avais longs jusqu'à la taille. Me faisait des nattes. M'enduisait d'huile d'amande douce des pieds à la tête. Me couvrait de baisers. Me susurrait toutes sortes de douceurs. Tout bas, tout bas, pour ne pas attirer le mauvais œil. Puis, me chatouillait pour me faire rire.

On rentrait ensuite par le Jardin des Plantes, toutes molles, toutes douces, toutes neuves, sous le couvert des marronniers. Quand papa rentrait avec Ludo, ma mère disait qu'elle faisait grève de cuisine et papa nous emmenait dans la 4 CV manger une choucroute chez Jenny, place de la République. C'était la fête, je buvais de la limonade et je mangeais une tarte aux myrtilles, qui me faisait les joues toutes barbouillées de mauve. Papa m'appelait sa petite Alsacienne et c'est sans doute pour ça que ma mère m'avait fait un costume d'Alsacienne pour Mardi-Gras.

— Tu inventes ! me crie Ludo, qui ne supporte pas que mes souvenirs soient différents des siens.

Bien sûr que j'invente. J'inventais aussi à l'époque, d'après les photos, d'après les bribes de conversations entendues chez mes tantes, d'après les livres que je lisais, la nuit, sous ma couverture. Bien sûr que j'inventais, puisque je ne me souvenais plus de rien depuis ce jour où mon père était venu me chercher sur la terrasse aux tommettes rouges d'Amezrou, et qu'il m'avait présenté ma *nouvelle maman*. Bien sûr que j'inventais, il fallait bien, puisque personne ne parlait.

12

Enfin, le docteur revient, accompagné de Godot-le-surdoué. Ils examinent Sacha. Le palpent et l'auscultent. Sacha gémit :

— Oui, ça fait mal là… non, pas là.

Ils échangent des borborygmes inintelligibles et des regards qui n'en disent pas très long. En réalité, ils ne me disent rien du tout, à moi, ces regards. Et puis, ils se tournent vers moi :

— Ne vous inquiétez pas, tout ira bien, vous devriez dormir.

*

Un conseil tout aussi utile que ceux que me prodiguait généreusement tante Kenza en toute occasion : « Mange des lentilles le premier de chaque mois, ma fille, pour amener la fortune ; quand tu vas pour la première fois chez quelqu'un, *rhamsa*, tu leur apportes un litre d'huile d'olive et un kilo de sucre, pour que douceur de vivre et confort règnent dans leur demeure ; ne complimente jamais un enfant à haute voix, Dieu nous garde, cela attirerait l'*aïn* sur lui ; si, Dieu me pardonne, quelqu'un par malheur te fait un compliment, n'oublie pas d'ouvrir ta main dans ton dos et de répéter dans ta tête *rhamsa*, cinq fois : cinq poissons sur moi, cinq poissons sur moi, pour éloigner le mauvais œil. »

Tante Kenza était la plus superstitieuse de mes tantes. Toute petite et toute menue, elle avait cependant une énergie peu commune qui n'était révélée au premier abord que par les étincelles qui brillaient dans ses yeux verts. Toujours en mouvement, ma tante Kenza. Toujours prête à travailler, à faire la fête, à chanter, danser, manger, parler, jouer... dure à la tâche et pleine d'ardeur au plaisir.

Elle aurait fait une excellente Britanno-Colombienne, ma tantine, puisque c'est leur slogan *Work hard, play harder*. Mais voilà, elle a passé toute sa vie en Afrique du Nord. Et moi, j'ai fui au bout du monde, où j'élève mes petits, en essayant de rapiécer comme je peux les morceaux de ma vie. Raccommoder toutes ces déchirures. À la fin, c'est lassant. Surtout que les travaux manuels, cela n'a jamais été mon fort. Alors, *please*, Sacha, tiens bon !

*

J'ai dû parler fort, car les docteurs se sont retournés et me regardent bizarrement. Je leur souris bêtement. Baisse la tête et fais semblant d'arranger les draps de Sacha. Je jette un coup d'œil par en dessous. Les docteurs sont retournés à leurs dossiers. Encore un peu et ils m'auraient emmenée au service psychiatrique.

13

Doudou y a passé la moitié de sa vie, si ce n'est pas plus. Schizophrène, mon frérot, mon double cousin, mon doux *alter ego*. Schizo depuis sa majorité. Voyons, quel âge a-t-il maintenant, Doudou ? Ludo a deux ans de plus que moi et Doudou, deux ans de plus que lui, ça fait… Beaucoup !

Comme dans une blague de Chelm. Le village où est né mon père, en Pologne. Le village des Wakensman. Que certains croient imaginaire, parce que connu dans toute la juiverie ashkénaze pour la folie ou l'idiotie de ses habitants. Mais qui existe vraiment. La preuve, mon père y est né !

Les Chelmites ne font jamais rien comme les autres. Ne raisonnent pas comme les autres. Ce sont un peu les Belges ou les Newfies des Juifs. Mais sont-ils fous ou sages ? Mon père donnait des surnoms à tout le monde. Vieille manie chelmite. J'étais Miss Pépette au Grelot dans la tête ; mon frère, *Schlemazel*[1] aux Mains percées ; mon cousin Simon, *Lengaloch*[2] l'Âne bâté et mon cousin Doudou, *Schmendrik*[3] Tête cassée. Était-ce une prémonition ou une malédiction ? Doudou a eu son premier épisode de tête cassée à vingt-cinq ans. À la suite d'une trop forte dose d'hallucinogène. Les crises se sont succédé. La semaine dernière, il en a encore fait une. Il avait arrêté de prendre ses médicaments et il avait

---

1. Mot yiddish à peu près équivalent à *malchanceux* ou *raté*.
2. Mot yiddish signifiant *grande nouille*.
3. Mot yiddish à peu près équivalent à *simple d'esprit*.

recommencé à errer dans les rues, pas lavé, pas rasé, sans manger, sans dormir. Hagard et plus parano que jamais. Ils sont après lui. Ils vont l'attraper. Ils le recherchent. Lui aussi a dû faire des cauchemars toutes les nuits de son enfance. Maintenant, il les fait même quand il est réveillé. Quand il en arrive à ce stade, Doudou ne se laisse plus approcher. Même tante Olga ne peut plus rien pour lui. Il faut le faire interner de force. Ça nous fend le cœur, ça nous déchire de l'intérieur, ça nous soulage aussi. Tante Olga serre les dents. Elle a toujours été un peu dure, froide, raide. Maintenant, plus encore. C'est sa façon à elle de résister, de tenir. Elle serre les dents, alors forcément, ça lui fait la mâchoire d'acier.

— Et le cœur de pierre, dit tante Ranya.

Mais ce n'est pas vrai. La marâtre oui, elle avait un cœur de pierre. Un vrai. Sans faille. Chez tante Olga, c'était seulement une apparence. Sa souffrance, elle l'a portée sans dire un mot, de peur d'ennuyer le monde, par fierté aussi. En comparaison de la marâtre, je la trouvais presque douce, presque tendre. Je savais bien que derrière sa façade en béton armé, coulait une lave qui ne demandait qu'à s'échapper, qu'à exploser. C'est pour cela que j'ai de la tendresse pour tante Olga, même si les effusions et les déclarations d'amour, ce n'est pas son genre. Personne n'a jamais su comment la libérer, comment faire resurgir la passion de cette beauté glaciale. Dommage, oncle Sauveur a raté le coche. Un océan d'incompréhension les séparait.

Il l'avait emmenée au Maroc en lui promettant la Lune et toutes les planètes de la galaxie. Elle avait vite déchanté. Amezrou, pour cette jeune Parisienne, c'était la cambrousse. La tribu séfarade, une bande de sauvages. La culture des dattes, un ennui total. Il lui manquait les lumières de la ville, le ciné, les balades en vélo, sa bande de copains. Un peu l'envers de l'arrivée de ma mère à Paris, quoi. Elle s'était retrouvée avec sa belle-mère, au milieu de ses belles-sœurs et de ses nièces, à s'occuper uniquement de questions domestiques, pendant que les hommes prenaient le thé en discutant affaires. Une féministe avant l'heure, ma tante Olga. Elle qui avait passé les cinq années de la guerre dans la clandestinité.

Elle qui avait protégé sa mère pendant que ses trois frères se battaient et essayaient de survivre. Pendant que son père se faisait gazer. Elle qui avait survécu à ces années d'horreur. Elle qui n'avait jamais revu son père. Elle qui avait perdu nombre de ses amis. Elle avait du mal à accepter que ce n'était que ça, la vie. Que ça ? Les dattes, les tâches ménagères. Que ça ? Les enfants, les rumeurs du village. Que ça ? Et puis, elle ne supportait pas la promiscuité, la familiarité, le manque d'intimité de la famille Zitoune. Chez les Wakensman, on ne parlait guère, on ne s'affrontait pas, on évitait les problèmes. À Amezrou, les drames constants, les cris et les disputes incessantes rythmaient chaque jour. La vie, ce n'était vraiment que ça ? Quand la tribu Zitoune a déménagé à Casa, c'était déjà mieux. Mais l'ennui, la futilité, la vacuité de la vie de la classe moyenne casablancaise, les mondanités, les ronds de jambe, elle n'avait aucun intérêt pour tout ça. Et puis, c'était trop tard. Tante Olga n'avait plus confiance. Le béton avait pris, desséchant tout sur son passage. Pourtant, ils étaient restés ensemble.

Au début, à Casa, oncle Sauveur avait vendu des vélos. Après, des Solex. Ensuite, des voitures. Finalement, ils avaient pris l'avion pour s'installer à Paris, de l'autre côté du pont d'Austerlitz, à deux pas de chez nous et de la gare. Question voyage, on s'y connaît dans ma famille. Ce n'est pas pour rien qu'on est des Juifs errants.

L'été de mes neuf ans, à Casablanca, tout le monde parlait de ceux qui étaient partis. De ceux qui allaient partir. De ceux qui ne voulaient pas partir. Ils parlaient d'Israël. Du Canada. De la France. Partir ou ne pas partir. Encore ? Il me semblait qu'ils venaient tout juste d'arriver.

— Oui, mais c'est parce que le roi est mort, m'a expliqué Doudou, et qu'il nous protégeait.

Le roi nous protégeait ?

— Si j'avais su, je lui aurais parlé de la marâtre.

Doudou a approuvé.

— Sauf que c'est trop tard, a-t-il si justement remarqué, puisqu'il est mort.

Quant au nouveau roi, son fils Hassan, personne ne savait s'il allait nous être favorable ou nous nuire. Alors, beaucoup partaient. Cela devait rappeler de mauvais souvenirs à tante Olga la Polonaise. Un autre exil s'annonçait.

À la fin de l'été, oncle Sauveur, tante Olga, Simon et Doudou ont donc pris l'avion qui nous ramenait à Paris, Ludo et moi. Ils n'emportaient que quelques valises et se sont installés boulevard Diderot, sur la rive droite. On se voyait un peu plus souvent, mais pas trop quand même. À cause du pont peut-être. Austerlitz, ça me faisait penser à Auschwitz. Là où avait fini mon grand-père Wakensman. C'est comme la station de métro Buzenval. Son nom me faisait penser à Buchenwald. Là où avait fini la seconde femme de mon grand-père.

Chaque fois qu'on descendait à la station Austerlitz, pour rentrer à la maison, je sentais un coup de poignard me transpercer entre les deux omoplates. Je fermais les yeux pour ne pas lire sur la plaque en carreaux bleus et blancs ce nom proche de mes cauchemars. Ça commence et ça finit pareil. Dans un bain de sang. Et en fumée.

Plus tard, j'ai lu quelque part que c'est au camp d'Austerlitz, non loin de la gare, que les Allemands stockaient les biens raflés aux Juifs déportés de Paris. Que les prisonniers juifs, internés dans ce camp, emballaient les meubles et les objets qui leur avaient été volés pour les expédier en Allemagne. Certains ont même dû empaqueter leur propre mobilier. Leurs fantômes semblaient m'attendre à chaque descente de métro.

Quand il fallait le traverser, ce pont, je prenais une grande inspiration. Si j'arrive de l'autre côté sans manquer d'air, ma mère reviendra, grand-père Zitoune reviendra, grand-père Wakensman reviendra aussi, Doudou m'aimera pour la vie, la marâtre disparaîtra pour toujours. Si j'arrive de l'autre côté du pont sans marcher sur une ligne, papa retrouvera le sourire, tante Olga se radoucira, tante Ranya se calmera, tante Kenza sera heureuse pour toujours et tante Paula et ses *retze-retze* aussi. Si j'arrive de l'autre côté du pont avant le camion rouge, Ludo arrêtera de se moquer de moi, Simon arrêtera de faire des bêtises et Doudou m'apprendra la guitare. Si j'arrive de l'autre côté du pont. Juste de l'autre côté…

J'essayais de me persuader que la devise latine bien connue, *si tu veux la paix, traverse le pont*, était une formule magique.

14

Les médecins ont enfin pris une décision. On va mettre Sacha sous intraveineuse. Il est déshydraté. Et puis, ils veulent essayer de faire tomber la fièvre avec des antibiotiques. Le liquide dans la poche de plastique tombe goutte à goutte avec une lenteur sinistre. Ils pensent à une appendicite ou à une péritonite. Il faudra peut-être l'opérer. Si je peux formuler mon vœu avant que la prochaine goutte de l'intraveineuse ne tombe, il sera réalisé. On pourra rentrer. Sains et saufs. Rentrer. Dormir.

Je pense à Maya, seule à la maison. J'espère qu'elle ne s'est pas réveillée. Je me sens coupable de l'avoir laissée. Mais que faire d'autre ? La réveiller en pleine nuit ? Demain est un jour d'école. Heureusement, elle a douze ans révolus. L'âge minimum pour rester sans supervision à la maison. Et au Canada, on ne plaisante pas avec la loi. Elle pourrait m'être enlevée par les services de protection de l'enfance, pour maltraitance. Mon frère et moi, on prenait le métro et on courait les rues de Paris tout seuls, dès mes six ans. C'est sans doute ce qui nous a donné le goût d'aller voir ailleurs si on y était. Et l'on y est si bien, dans cet ailleurs peuplé de gens d'ailleurs. Qui cohabitent dans la plus parfaite harmonie. Sans la moindre voiture brûlée, sans la plus petite vitrine cassée, sans l'ombre d'un sentiment de laissé-pour-compte dû à son origine. Avec certes des mafias trafiquantes de drogues, de sexe, d'émigrants illégaux, d'organes peut-être même, avec sans doute son lot de misère, de sans-abri, d'accros de tout acabit, mais tout cela sans délit de faciès. Avec autant de cynisme oriental qu'occidental, autant de cupidité sudiste que nordiste, autant de naufragés du tiers-monde que du quart-monde que du premier-monde. Seul l'écart entre riches et pauvres reste scandaleux. Mais c'est un écart aveugle aux différences raciales ou nationales. Taux de réussite et d'échec équivalent dans toutes les communautés ethniques de la ville. Une vraie métaphore du monde de demain, ce Vancouver qui vit déjà à l'ère du post-mondialisme. Le village global, c'est ici une réalité. Sauf peut-être, et c'est bien là l'ironie de la chose, pour les autochtones. Ceux qui étaient ici en premier, les seuls qui justement ne viennent pas d'ailleurs. Ce sont peut-être ceux qui réussissent le moins bien. Pour toutes sortes de raisons historiques, politiques, sociales. C'est en train de changer. En tout cas, dans certaines nations. Il est grand temps.

N'empêche que Maya est toute seule. Toutes sortes de scénarios catastrophes m'assaillent. La maison prend feu. Combustion spontanée. Rien d'étonnant avec ces maisons canadiennes construites en boîtes d'allumettes. Maya est piégée par les flammes, elle crie par la fenêtre ouverte. Seul, un raton laveur héroïque qui passe par là tente de la sauver. Quand sa queue touffue s'enflamme, il abandonne. Ce qui n'attire l'attention de personne, tant les West-Coastiens ne se mêlent pas des affaires de leurs voisins. Elle panique. Un tremblement de terre la précipite au rez-de-chaussée. Elle réussit à sortir de la maison. Pieds nus dans la neige, elle attrape une pneumonie foudroyante et instantanée. Dame aux camélias précoce, elle trépasse et moi, je fais une crise cardiaque. Sacha se retrouve à l'orphelinat. Son père en meurt de chagrin et c'est la fin du monde. Ah ! Héritage chelmite doux-amer de mon père. Maya. Sacha. J'ai tellement peur qu'il leur arrive malheur que, parfois, je sens tout mon corps se fendiller et se racornir, se dissoudre et s'évaporer. Devenir positivement transparent, comme prétendent l'être les politiciens et les bureaucrates.

La plupart du temps, je préfère ne pas penser au danger. Je préfère occulter. Piéger mon cerveau pour passer à autre chose. Parce que si je me laisse aller, si vraiment je ne me retiens pas, alors. Alors. Je ne sais pas s'il me serait possible de revenir de ce voyage. Je crois que j'y resterais comme Doudou, mon pauvre *Schmendrik* Tête cassée. Parce que c'est plus facile. Si je me laissais aller, mon surnom pourrait être lui aussi prémonitoire. Miss Pépette au Grelot dans la tête. En un sens, ce serait moins angoissant de plonger dans le délire. Plus besoin de se retenir, allons-y franchement, sinon gaiement. Un magma chaud, la folie. Enveloppant, comme un édredon. Alors que, pour n'y pas sombrer, il faut se battre constamment. Être toujours sur la défensive. Je rêve de lavage à grandes eaux. De passer l'éponge. Ou bien de la jeter.

Sacha s'est rendormi. Les docteurs sont partis. Sans plus de précisions. Ils vont étudier d'autres résultats de tests et revenir. En attendant, j'essaye de suivre leurs conseils et de me caler le plus confortablement possible sur ces deux chaises coincées comme des veuves victoriennes. Je ne quitte pas des yeux Sacha. Prête à sauter sur le moindre petit *jinn* qui s'aventure-rait dans cette chambre d'hôpital. Mes paupières sont lourdes et je ne tiens pas longtemps. Mes yeux se ferment tout seuls.

15

J'aimais m'endormir roulée en boule sous l'édredon de ma grand-mère Wakensman. Celui qu'elle avait emporté comme tout bagage lors de sa fuite de Pologne avec ses quatre enfants accrochés à ses jupes. Elle l'avait fait elle-même, en plumant ses oies, dans le petit village de Chelm, d'où un ultime pogrom l'avait chassée. La routine, quoi.

Je ne savais pas pourquoi c'était moi qui en avais hérité, de cet édredon moelleux. Mais c'était sûrement durant ces nuits que je m'étais par osmose approprié la personnalité de cette grand-mère que je n'avais pas connue.

Morte d'une crise cardiaque à cinquante-quatre ans, quelques années avant ma naissance.

— Tu lui ressembles, m'a dit mon oncle Serge Wakensman, un jour où je lui rendais visite dans son atelier.

Il coupait un manteau le long de lignes blanches, tracées à la craie, sur un lourd tissu de laine brun.

— Oui, tu lui ressembles, a réitéré Léa sa femme, en essayant d'enfiler une aiguillée.

Je lui ai pris le fil et l'aiguille des mains et l'ai enfilé à sa place.

— Mes yeux… a soupiré Léa.

J'attendais, muette. Comme dans un film de Georges Méliès. Peut-être que cette fois, ils m'en diraient plus. Le silence s'était installé entre la machine de Léa et les ciseaux de Serge. J'espérais l'intertitre qui expliquerait l'intrigue : « Jeune femme courageuse quitte son petit village de Pologne pour atteindre la Ville lumière. »

Puis tout doucement :

— Ta grand-mère, elle était toujours enthousiaste, toujours en action. Une forte femme. Un courage ! Debout avant l'aube, elle partait au marché avec ses gros baluchons, ne rentrait qu'à la nuit tombée, préparait à manger pour toute une faune. La maison du bon Dieu, comme elle disait. Et puis, il y avait le théâtre amateur, les réunions politiques, le journal en yiddish…

Serge s'est tu. Le ronronnement de la machine à coudre a empli l'atelier. Je n'en ai pas su plus ce jour-là. J'ai dû combler les vides de son récit surfilé.

Serge était le frère aîné de papa et de tante Olga. Il était tout petit, très doux et passionné de politique. Léa, sa femme, énorme montgolfière, ornée sur la joue droite d'une verrue poilue qui me fascinait, parlait fort et remuait beaucoup d'air. Ses filles, Alice et Danielle, ressemblaient plutôt à leur mère. La cadette en plus avenante et l'aînée en plus spirituelle.

Elles nous faisaient véhémentement remarquer, à Ludo et à moi, à chaque déjeuner dominical, qu'elles étaient ashkénazes et nous forcément séfarades (forcément, à cause de notre mère), donc qu'elles nous étaient supérieures. Au contraire de nos batailles avec Simon et Doudou sur le même sujet, ces disputes avec mes cousines nous mettaient mal à l'aise. Danielle et Alice ne manquaient pas une occasion de nous rappeler que notre grand-mère Wakensman avait refusé d'accompagner papa au Maroc, quand il était allé se marier *à une barbare* comme elle l'avait, paraît-il, déclaré avant de se cacher derrière les piliers de la gare de Lyon pour voir quand même son fils prendre le train qui le conduirait à Marseille. De là, le bateau pour Casablanca. Puis le train encore pour Marrakech. Enfin le car jusqu'à Amezrou. Voyage interminable. Dans la torpeur de l'été marocain. Avec cette rage au cœur. Fallait-il qu'il l'aime, sa gazelle du désert.

Grand-mère avait eu beau s'énerver, menacer et crier, pour la première et dernière fois de sa vie, papa le docile lui avait tenu tête. Il épouserait qui il voudrait. Tante Olga avait fait le même voyage quelques années plus tôt, pour la même raison. Et grand-mère lui en voulait encore.

— C'est de ta faute. Tu influences ton frère.

Que ma grand-mère considère les séfarades comme des barbares dépassait mon entendement. Des préjugés ineptes avaient décimé les trois quarts de ses congénères, y compris le père de ses enfants, et elle se comportait comme la plus stupide de toutes les Chelmites de la terre. Je me demande la tête qu'elle aurait faite si elle avait assisté au re-mariage de mon père avec une *shiksa* [1].

Serge avait été le seul à obéir à sa forte femme de mère et à épouser une bonne ashkénaze du quartier, dont la famille avait, tout aussi miraculeusement que la nôtre, plus ou moins survécu à la guerre. Serge, Léa et leurs deux filles formaient une famille fusionnelle, véritable atome nucléaire non fissible, où se ratatinait d'année en année mon gentil petit oncle. Ils me faisaient penser aux caricatures de Jacques Faizant dont je regardais les dessins dans *Paris-Match* à la bibliothèque. Le tout petit monsieur accompagné de trois grosses dames.

Aujourd'hui, à plus de quatre-vingt-dix ans, c'est toujours le même gentil petit monsieur, qui n'a toujours pas la langue dans sa poche quand il s'agit de parler politique. Pourtant, dès qu'on aborde le passé ou la famille, il devient laconique. Comme mon père. Une génération qui se méfiait de la parole ? qui ne se servait de mots que lorsqu'il n'y avait pas moyen de faire autrement ? Ils avaient dû tenir leur langue trop longtemps. Par prudence. Par instinct de survie. Plus tard, ils s'en méfiaient encore. Comme s'ils voulaient effacer le passé. Comme si, en l'oubliant, ils pouvaient s'en protéger. Dans la famille de mon père, on ne faisait référence au judaïsme que de manière allusive, on ne transmettait ni coutumes, ni folklore, ni histoire familiale. Il avait fallu des années pour que je comprenne vraiment d'où je venais.

Et puis un jour, mon père l'a dite, cette phrase terrible. C'était pendant la guerre d'Algérie. On a entendu à la radio que la manif avait mal tourné et qu'à la station Charonne il y avait des morts. Ce soir-là, papa est rentré tard. Encore plus muet que d'habitude. Son costume froissé. Le regard bizarre.

---

1. Mot yiddish désignant de façon moqueuse *une femme non juive*.

Entre la colère et le désespoir. Il a soupiré que c'était reparti comme en 40. Ce salaud de Papon, le même (Le même que quoi ? Le même que dans la chanson ? Papon, papon et petit patapon ?) ! Il avait laissé massacrer les gens dans le métro.

Le lendemain, à l'école, on m'a accusée d'avoir insulté Jamila. *Sale Arabe.* Mon père est venu me chercher à l'école et m'a giflée. Pour la première et dernière fois de ma vie. Mon père avait la colère aussi rare que la révolte. J'avais presque dix ans et le visage cuisant. Je n'ai pas essayé de me disculper.

Je sens encore sur ma joue la trace brûlante de ses doigts injustes. J'ai encore honte aujourd'hui qu'il ait cru cela de moi. Comment aurais-je pu ? Jamila, c'était l'odeur des épices de ma mère, c'était l'accent chantant de mes cousines, c'était le soleil, les vagues, les palmiers, les maisons blanches. Jamila, c'était aussi tous mes cauchemars éveillés. La violence, la peur, l'injustice. L'abandon, la mise à l'écart. Comment aurais-je pu ?

Alors, sans contexte probable, sans logique apparente, sans explication, sans même me regarder, comme s'il se parlait à lui-même, il a dit :

— Tu penses que tu es Française comme tout le monde, mais pour les autres, tu seras toujours une Juive. Ne l'oublie pas.

Cette phrase a résonné dans mes oreilles, comme amplifiée par un mégaphone. Je sentais qu'il s'agissait d'une révélation importante, mais qu'est-ce qu'elle venait faire là ? J'avais vaguement conscience d'être Juive. Puisque parente éloignée du grand rabbin de Fès. Je savais vaguement aussi que j'étais Française. Puisque mes ancêtres les Gaulois. Sauf en début d'année scolaire, quand la nouvelle maîtresse butait sur mon nom qui détonnait parmi les Leblanc, Lepage, Martin et autres Tournon. Quand, essayant de le prononcer, elle me disait sur un ton que je prenais toujours pour de la méfiance :

— Ouak… Vak… Wak-ens-mane, c'est comme ça que ça se prononce ? Ce n'est pas français, ça ?

— Si, madame, je répondais le rouge au front, c'est français, puisque c'est alsacien ! Et puis ça se prononce comme ça s'écrit, j'ajoutais avec un rien d'impertinence dans la voix.

J'aurais dû répondre comme Maya, que ce nom réjouit : « Vacances, Man ! » Mais je n'avais pas sa désinvolture innée. J'étais instinctivement consciente de ma différence. Et j'attirais immédiatement l'attention pas forcément bienveillante de la maîtresse qui, pendant tout le reste de l'année, me soupçonnerait de m'être moquée d'elle. Dans ces moments-là, j'aurais donné n'importe quoi pour m'appeler Dumont, Dupont ou même Ducon. Il me semblait que cela aurait été plus facile à porter. Sauf en début d'année donc, je ne me posais pas vraiment la question de mon identité. Pas clairement en tout cas. C'était une question nébuleuse. Sous-jacente. Trouble. Avec trop d'inconnues, trop d'incertitude, trop de non-dits. Française, Juive, Arabe. Qu'est-ce que cela voulait dire ?

Convaincue par la certitude de mon père, j'envisageais moi aussi la possibilité de ma culpabilité. L'avais-je dite ou non, cette insulte infamante ? Avais-je pu ? Et si je n'étais pas coupable, comment Jamila m'avait-elle laissée accuser sans me défendre ? J'ai fini par presque le croire. Même si cela me semble, au fond, inconcevable.

16

J e me réveille en sursaut, Sacha dort paisiblement. Je suis en nage. C'est moi qui ai de la fièvre maintenant. Sacha ne me semble plus très chaud, son intraveineuse s'écoule régulièrement de la poche en plastique. Je suis trop fatiguée pour bouger. Je prends le livre que je traîne dans mon sac depuis des semaines. Il y a chameau dans le titre, c'est pour cela que je l'ai acheté. Je n'en connais pas l'auteur. Je n'ai même pas la force de l'ouvrir. Je regarde le chameau.

*

J'écumais les rayons de la bibliothèque municipale. Place du Panthéon. Je ne sais pas comment j'y avais atterri la première fois. Il faut croire que la demi-douzaine de livres qui s'ennuyaient au fond d'un placard, rue Buffon, et que j'avais lus en cachette, ne me suffisaient plus. Je n'y avais pas trouvé grand-chose qui aurait pu justifier l'interdiction qui m'avait été faite de les lire. Les diktats staliniens de la marâtre ne s'embarrassaient pas de ce genre de dialectique. Il ne convenait pas de lire des livres qui n'intéressaient pas la marâtre. *That's it, that's all.*

Sur cette unique étagère, dans un placard du débarras, se pressaient donc, sans ordre logique et avec une impertinence idéologique qui aurait pu mériter à mon père le goulag, une traduction yiddish du *Capital* (dont je n'ai su déchiffrer le titre que beaucoup plus tard — seuls les profils de Marx, Lénine et

Staline me donnaient alors une indication), *L'amant de Lady Chatterley*, *Les misérables*, *Ubu Roi*, *La condition humaine* et quelques romans à l'eau de rose de ma mère.

À la bibliothèque, j'avais commencé par le A. *La jument verte* de Marcel Aymé m'avait plu. Cela réveillait ma propre sexualité réprimée. Et puis j'avais tout lu de lui, sans jamais retrouver le même sentiment mi-glauque, mi-jouissif. J'étais ensuite passée aux B. *Vipère au poing* d'Hervé Bazin avait été une révélation. Folcoche. J'avais été ébahie d'y retrouver mon histoire. Du coup, je m'étais sentie plus légitime, plus réelle. Tout ce que je vivais était donc réel et non pas le fait de mon imagination, comme disait tante Ranya quand elle s'impatientait, et non pas l'un de mes mensonges, comme disait la marâtre. C'était vrai puisque c'était dans un livre ! Plus loin sur les étagères chargées comme des branches de cerisier au mois de mai, j'avais découvert Cosette, Poil de carotte, David Copperfield, Rémi de *Sans famille*, *L'enfant* de Jules Vallès et tant d'autres qui me réconciliaient avec la vie.

Je m'étais mise à lire avec boulimie. Le jour, la nuit. À la lampe de poche sous ma couverture, pendant les cours sur mes genoux, en voiture pendant les longs bouchons du dimanche, aux toilettes, au Jardin des Plantes, dans le métro…

J'aurais traîné mon livre à table si j'avais pu, mais on ne me laissait pas m'évader de si bon cœur. J'étais prête à dire avec Romain Rolland que la vie est ce que nous la rêvons, dans les livres.

Dans ma chambre, il y avait la reproduction du tableau de Van Gogh, *Le campement des gitans*. Un tableau mélancolique, avec des caravanes écrasées par le soleil, des chevaux tranquilles et des enfants qui semblaient libres. Je rêvais de m'enfuir avec une famille de manouches. J'avais lu l'histoire d'un petit garçon qui partait avec des romanichels, comme on disait alors. Je ne me souviens plus du titre, ni très bien de l'histoire. J'en ai juste gardé une forte nostalgie. D'un voyage infini. D'un ailleurs bienheureux. Qui m'a sans doute conduite ici.

Je lisais tout, par ordre alphabétique et sans distinction. Balzac et Beauvoir, Flaubert et Faulkner, Mauriac et Miller, Sagan et Sartre, Zola et Zweig. Et nombre d'auteurs de romans policiers, à l'eau de rose, fleuves, comiques, satiriques, philosophiques, populaires et nouveaux dont je ne me souviens plus.

Je n'avais aucun critère, aucune référence. J'aimais ou pas. Si j'aimais, je lisais tout du même auteur, sinon je passais au suivant. Parfois, lasse de tant d'ordre et de rigueur, emportée par une curiosité brûlante, je sautais une rangée entière d'étagères, flânais plus loin, feuilletant ici ou là, attirée par certains titres, intriguée par des noms d'auteur, lisant les derniers paragraphes ou les premières lignes, tout en me sentant coupable de ne pas avoir exploré chaque rayon systématiquement. C'est qu'il y en avait tant ! Cela m'étourdissait. Comment en venir à bout ? Surtout qu'avant de rentrer à la maison, un peu ivre de poussière, de mots et d'univers entrevus, titubant sous le poids de mon sac, rempli de ma ration hebdomadaire de livres, je m'aventurais sur le boulevard Saint-Michel, histoire pensais-je d'aller regarder les vitrines de chaussures que j'aimais presque autant que les livres (« T'es une vraie pygmée, toi, disait mon frère Ludo que ma taille énervait — je grandissais plus vite que lui — t'as une tête et des pieds, et rien entre les deux ! ») je tombais immanquablement sur une librairie qui faisait parader dans sa vitrine les derniers écrivains à la mode dont j'essayais de retenir les noms pour les chercher à la bibliothèque.

Ludo fréquentait, au Lycée Henri IV, le fils d'un architecte chez qui se réunissait l'intelligentsia du moment, près des arènes de Lutèce. Il était souvent invité chez cet ami, avec un autre camarade de classe, le petit-fils de Jean Paulhan, dont mon père disait ne pas pouvoir décider s'il était un salaud ou un héros. Cela donnait à Ludo l'autorité de juger mes escapades bibliophiles. Il inspectait ma brassée de livres empruntés avec dédain.

— Tu lis ça, toi ? Tu ne dois rien y comprendre !

Il avait sûrement raison puisque je ne voyais pas ce qu'il y avait à comprendre. Je lisais, c'est tout. C'étaient des romans, c'était la vie.

— C'étaient des romans, c'était la vie, me singe Ludo et prenant sa voix de *gnagnagna*. T'as fini de te prendre au sérieux ?

Tu vois, Ludo, même aujourd'hui, dans ma tête d'adulte, tu es resté mon censeur, mon garde-chiourme mental, mon flic spirituel.

« T'avais qu'à pas », disait mon frère chaque fois que je me faisais rabrouer, Tavekapa. C'était devenu mon nom.

Arrête de sourire, Ludo, ce n'était pas drôle, je te dis ! Tu peux hausser les épaules, cela ne m'a pas beaucoup aidée. Tu te construisais sur mon humiliation. J'en concevais un mépris total pour mes facultés d'adaptation.

Une colère germait en moi que je mettrais longtemps à évacuer. En fait, elle est toujours là. Chaque fois que je suis témoin d'une injustice. Chaque fois qu'un imposteur donne le change. Chaque fois que le plus fort gagne et triomphe. Ou semble. Comme ce mal étrange qui attaque mon fils. Même s'il est un vrai intermittent du spectacle, ce mal, avec sa fièvre discontinue.

Malgré tous les cours de tai-chi, de méditation, de yoga, de respiration tantrique, que je suis depuis des années sur cette douce côte ouest où la passion semble se diluer dans les brumes du matin, je n'ai pas réussi à me débarrasser de cette colère.

Une colère tricotée serré avec une infinie tristesse qui, comme les grandes marées lunaires, submerge tout jusqu'à la digue ou laisse à découvert la plage marquée de vaguelettes dures de sable, jonchée d'épaves de bois, de carcasses de crabes et autres coquillages, où l'on peut marcher, mais en s'enfonçant un peu, jusqu'aux grands cargos de marchandises qui mouillent dans la baie. Ensuite, il me faut revenir sur mes pas, ramasser au passage les cadavres de mon passé encore humides et les brûler sur le bûcher de mes regrets. Tout cela à cause de cette horrible bonne femme. Ou plutôt de cette horrible mauvaise femme.

17

Chaque fois que je lui déplaisais, elle m'envoyait au débarras. M'enfermait et m'y oubliait. Le débarras. Une grande pièce noire, encombrée, où de vastes placards à doubles rangées de tringles tapissaient les murs. On pouvait s'y cacher, tout au fond, sans crainte d'y être jamais retrouvé. C'est là que, dans mes cauchemars, j'échappais aux nazis. C'est là aussi que j'ai appris à m'inventer des histoires. Le temps me paraissait long sans mes livres, alors je les lisais dans ma tête. Imaginant des suites, projetant des fins, essayant de découvrir des liens entre héros et héroïnes de livres différents. Comme si la littérature du monde était un gigantesque quatuor d'Alexandrie. Un centor, un millor, un millionor, un infini d'or…

Quand enfin elle se souvenait de moi, parfois juste avant que mon père ne rentre du travail, alertée par ses pas dans l'escalier, elle ouvrait la porte et me cherchait. Fébrilement. Moi, au fond du placard où j'avais trouvé refuge, parmi les canadiennes d'avant-guerre de mon père et les vieux manteaux de ma mère qui, s'ils ne conservaient plus son odeur à cause de la naphtaline accrochée à un cintre sur cinq, du moins me rappelaient qu'elle avait vraiment existé, j'essayais de n'entendre rien, occupée que j'étais à finir mon histoire. Comme un rêve qu'on ne veut pas quitter quand le réveil sonne.

Alors, si mon père entrait dans l'appartement avant que je ne sois sortie du placard, la marâtre faisait semblant de jouer à cache-cache avec moi. Elle se tournait vers mon père, se transformait instantanément en Colombine et minaudait.

— Elle a encore trouvé la meilleure cachette de Polichinelle, je n'arrive pas à la trouver, chéri, aide-moi !

Papa, prenant sa grosse voix, entrait innocemment dans ce jeu qui n'existait pas.

— Où est-elle, cette petite coquine ? Mais elle a disparu ! Avalée par les placards ! C'est fini, on ne la retrouvera plus ma Miss Pépette, ma Misstinguett, ma Misstéchouette ! Engloutie à jamais dans les profondeurs vestimentaires ! Oh ! que je suis malheureux !

Je ne pouvais plus résister. Lâchant mon histoire et sa fin aléatoire, je me précipitais dans ses bras, heureuse d'être pour quelque temps à l'abri d'autres sévices. Mais je ne m'y trompais pas, un coup d'œil vers la marâtre me le confirmait. Dès que mon père aurait tourné le dos, elle me le ferait payer.

Mon père, candeur réelle ou aveuglement volontaire, se réjouissait de sa jolie famille de carte postale. Il me serrait contre lui. Tête de linotte, je savourais ces quelques minutes de tendresse éphémère comme une réalité. Puis, il me donnait une petite tape dans le dos signifiant que l'instant d'intimité avait assez duré.

— Allez, va vite finir tes devoirs, c'est bientôt l'heure de dîner.

Je retournais dans ma chambre en longeant l'étroit couloir qui traversait l'appartement. Le débarras à un bout, près de la porte d'entrée, et ma chambre à l'autre bout, juste avant les toilettes, qui se tenaient, comme chez tout le monde, au fond du couloir à droite. Il me semblait tellement long, ce couloir de mon enfance. Jusqu'à l'année du grand malheur, j'y roulais en tricycle. Avant l'arrivée de la marâtre. Avant le port obligatoire de patins et de charentaises écossaises. Pour ne pas marquer SON parquet ciré. Ce parquet qui sentait en permanence l'encaustique mêlée à l'eau de Javel.

C'en était fini de l'espace ludique, pendant du labyrinthe du Jardin des Plantes, de l'autre côté de la rue, où mon frère et moi nous poursuivions en riant.

Devenu corridor mortuaire avec son défilé sinistre de nouvelles photos. Ludo et moi, déguisés en enfants domptés, souriants, accrochés au mur, contraints et forcés. Ludo avait les cheveux en brosse, gominés, comme un petit porc-épic. Un peu comme les copains de Maya d'aujourd'hui, mais en beaucoup plus coincé. Avec son nœud papillon et son blazer marine, le type même du *nerd*.

Moi, tout aussi mal à l'aise que Ludo, dans mon cadre rutilant, avec mon sac à main en paille et bambou, mes gants à trou-trou immaculés, ma jupe plissée et mes chaussettes blanches, bien tirées jusqu'aux genoux. Deux minutes après la photo, mes souliers vernis étaient sûrement couverts de poussière, mes chaussettes tirebouchonnaient et mes gants étaient tachés. Trois minutes après la photo, j'avais aussi sûrement reçu une gifle pour m'être salie. Je le faisais vraiment exprès. J'avais qu'à pas.

À côté, dans un cadre en verre argenté, mon père, l'air sérieux avec ses lunettes d'écaille, lisait un livre devant la fenêtre ouverte. Pourquoi le voulait-elle dans cette attitude d'intellectuel ? Elle qui avait relégué les rares livres de la maison dans le placard du débarras. Lui qui ne lisait plus jamais, à part ses formulaires de la sécurité sociale.

À côté encore, un portrait d'elle. Elle souriait de la bouche et vous tuait des yeux. Plus vite que son ombre. Son nez en trompette, ses cheveux blonds, ses pommettes hautes. Son visage lunaire à la Romy Schneider. Si différente de ma mère. Pourquoi mon père s'était-il laissé prendre dans ses filets ? Même plus tard, vers la fin, quand il ne supportait plus ses sautes d'humeur éthyliques et sa jalousie hystérique, il disait pourtant en soupirant :

— C'était un beau brin de femme quand même… et jeune avec ça !

Comme s'il n'en était toujours pas revenu de lui avoir plu.

Si, pour elle non plus, la vie ne correspondait pas exactement à celle dont elle avait rêvé, elle se l'était fabriquée. La preuve, sa galerie de la parfaite petite famille avec enfants modèles toujours propres, qui souriaient inlassablement à la vie bien ordonnée, bien contrôlée, qu'on leur avait organisée. Sans un pli, sans une tache, même si quelques cheveux dépassaient. Les miens. Trop longs et trop bouclés. C'était sans doute à cause de la photo qu'elle me les avait fait couper si court. Ça lui avait dérangé l'œil, ce débordement brouillon. Il avait fallu y remettre de l'ordre. Coupe réglementaire.

La coupe de cheveux des femmes est une constante de la répression. Les nonnes, les veuves indiennes, les prisonnières. Et bien sûr les fameuses tondues de la Libération. D'ailleurs, l'envie me prenait souvent de lui raser la tête. J'y pensais chaque fois que je passais devant la galerie du mensonge.

Ensuite, venaient les photos de ses parents, gros visages de paysans hongrois : lui, patriarche tyrannique ; elle, ménagère soumise.

Et puis, quelques reproductions mal assorties de tableaux de Renoir, Millet et Monet. Et un Picasso, de la période bleue. *Pierre en Arlequin*. Lui aussi, enfant modèle. À double titre. Si on avait pu rester comme lui dans nos cadres, sans bouger, sans parler et surtout sans nous salir, elle aurait été la plus heureuse des femmes. Sauf que le bonheur ne faisait pas vraiment partie de son vocabulaire.

18

S acha ouvre les yeux. Il me regarde calmement.

— Dis, mamma, est-ce que tu vis la vie que tu voulais vivre quand tu étais petite ?

Je lui souris.

— Non, mon chéri. Mais il est pas mal quand même, ce sitcom, non ?

Il me sourit aussi, puis se rendort.

Son goutte-à-goutte est presque vide. Je me lève pour aller chercher l'infirmière, mais la tête me tourne tant que je dois me rasseoir. J'essaye de nouveau, lentement. Cette fois, c'est mieux. J'arrive à traverser le vestibule.

Je m'accroche au comptoir des infirmières. J'ai de nouveau un vertige. Je parviens à dire que la poche de plastique de Sacha est vide, puis mes yeux se voilent et les forces me manquent.

*

J'avais été très malade. Je devais garder le lit. Elle disait à mon père que j'avais de la fièvre. Une maladie inconnue, dont on ne savait rien. On attendait que cela passe. Il n'y avait rien à faire. Juste me reposer.

En fait, elle m'avait brûlée. Je m'en souviens maintenant. Nous étions en camping. Mais en caravane. Un compromis entre l'amour de la nature de mon père et l'amour de la propreté de la marâtre. Elle me forçait à me laver trois fois par

jour, car j'étais sale. Pas seulement sale. L'incarnation de la
saleté. La saleté en personne. La saleté des saletés. La mère de
toutes les saletés. Alors, il fallait me purifier. Comme on
campait, il fallait faire bouillir l'eau. Elle avait dû la verser
tout droit de la bouilloire sans rajouter d'eau froide et m'avait
forcée à m'asseoir dans la lessiveuse. Je n'étais pas plus grosse
qu'un poussin à l'époque. Tout anguleuse.

— Mais ça brûle ! avais-je gémi.

— Arrête de jouer la comédie !

Inflexible, elle m'avait forcée à rester dedans en m'appuyant sur les épaules. Jusqu'à ce que je lui montre des
lambeaux de peau qui pelaient de mes fesses.

Alors, elle avait consenti à me laisser sortir et s'était
résignée à appeler le docteur. Mon père ne devait surtout rien
savoir.

— Ça le rendrait malade, avait-elle dit, comme d'habitude. Et tu sais bien qu'il est fragile des bronches.

Je ne voyais pas bien le rapport. Mais je ne voulais
surtout pas rendre mon père malade. Souffre en silence. Serre
les dents. Tiens-toi droite. De toute façon, c'est de ta faute. Tu
es sale. Je me taisais donc et continuais à prétendre que j'avais
la fièvre, alors qu'un bandage ridicule me couvrait les fesses
et les cuisses. Je regardais avec envie mon frère s'échapper de
la surveillance parentale avec la bande de copains du camping,
vers les dunes et la mer. Évidemment, pour moi, cet été-là, il
n'était plus question de bain de mer ni de roulade dans le
sable. Je n'avais droit qu'aux piaillements des enfants qui
jouaient plus loin, aux encouragements des spectateurs d'un
gymkhana, à l'odeur de la pinède, mélange de résine et d'air
marin, du parfum de la bruyère et des genêts, qui entraient par
vagues successives dans la caravane par la fenêtre ouverte. Je
n'entendais même pas l'océan, ses rouleaux assourdis par la
distance et par le rempart des dunes qui s'élevaient au bout de
la pinède.

Mon père demandait de temps en temps quelle drôle de
maladie avait frappé sa fille, mais elle le chassait vers un
match de volley ou un concours de pétanque avec les copains,
en lui disant que tout irait bien et qu'elle s'occupait de tout. Il

l'embrassait pour lui montrer sa reconnaissance. J'en étouffais de rage sous mes bandages.

L'été de mes dix ans n'a pas été une sinécure. Déjà au mois de juin, ça avait mal commencé. Des nouvelles du Maroc étaient arrivées dans une enveloppe bleue toute fine avec un avion imprimé dessus. Tante Ranya avait adopté. Nous ne pourrions pas passer l'été sous les bougainvilliers. Le nouveau bébé venait d'arriver et rien d'autre ne comptait.

Plus que la douleur, la honte me clouait au lit. Je me sentais coupable. Seule. Contre tous. Qui allait me défendre ? Certainement pas Ludo.

— Qu'est-ce que tu voulais que je fasse ? me demande Ludo indigné. Moi aussi j'étais petit.

Ne t'énerve pas, Ludo, je me souviens, c'est tout.

Il entrait en trombe dans la caravane, pour venir chercher quelques billes, un album des *Pieds nickelés* écorné ou un quignon de pain. Il me jetait un coup d'œil ironique.

— La princesse se repose ?

Il repartait vers ses copains. Les enfants de la bande des anciens amis de papa. Ceux avec qui il avait fondé l'association de défense de la nature au retour de la guerre, propriétaire du terrain de camping dans les dunes de Brétignolles-sur-Mer. Avant, on venait là tous les étés avec ma mère. On campait dans la grande guitoune jaune, entre les pins parasols, au pied des dunes, bercés par le chant incessant des cigales, à côté des tentes des copains de la bande. Ceux qu'on voyait les week-ends chez les Chechane.

19

Jo Chechane était le copain de régiment de mon père. Il l'avait défendu lors du premier appel à l'armée. Les deux seuls Juifs d'un bataillon de Bretons. Papa s'était engagé à vingt ans pour devenir Français. Il en prenait pour deux ans. La nationalité a son prix. Le capitaine l'avait accueilli comme s'il était Dreyfus revenant du bagne. Jo Chechane était imposant de stature. Le capitaine n'avait pas persisté. Jo et mon père étaient devenus inséparables. Ils faisaient un drôle de duo. Mon père petit et gringalet, Jo grand et baraqué. Mon père le rieur et Jo la terreur. Ils avaient fini par amadouer les Bretons. Qui les avaient adoptés. C'est peut-être pour ça que plus tard, beaucoup plus tard, mon père avait choisi la Bretagne pour ses tournées. Il était représentant de commerce. Métier nomade par excellence. Toujours sur la route. Quand il faisait le tour de ses clients en Bretagne, c'était comme s'il rentrait un peu au pays. Lui qui n'en avait pas vraiment. Ses copains de régiment, ceux qui avaient survécu à la guerre, marins, pêcheurs, cultivateurs ou commerçants, il allait encore leur rendre visite entre deux clients, des dizaines d'années plus tard.

Au bout des deux ans d'armée, d'épluchage de tonnes de patates, de lavage de centaines de latrines, de nettoyage de fusil à n'en plus finir et d'étrillage d'étalons à s'en arracher les mains, à peine rentrés à la maison, c'était la guerre. Ils avaient été mobilisés tout de suite. Quand on les avait lancés à cheval contre les chars allemands, le premier jour de la guerre, Jo le malin s'était échappé. Papa, lui, avait été fait prisonnier et avait rempilé pour cinq ans de captivité.

Quand il était revenu après la libération, après avoir traversé l'Allemagne à pied, sans plus un seul cheveu sur la tête, la peur au ventre, il avait perdu sept ans de sa vie. Mais lui, au moins, il en avait encore une. Ni son frère aîné (David) ni son père n'étaient rentrés. Sa mère, sa sœur (tante Olga) et son autre frère (oncle Serge) avaient échappé au massacre.

Serge avait retrouvé Jo Chechane dans la résistance («Que veux-tu? C'était la seule chose à faire! Que tu résistes ou pas, tu risquais la mort, alors autant faire quelque chose...») Jo faisait des faux papiers à Lyon. Tante Olga et grand-mère se cachaient à Grenoble sous une fausse identité. Leurs routes s'étaient croisées. David avait succombé à une pneumonie, attrapée alors qu'il essayait de passer en zone libre pour rejoindre ses compagnons d'armes. Il avait dû rester dans l'eau pendant trop longtemps pour laisser passer un convoi de véhicules allemands.

Grand-père Wakensman avait été pris dans la rafle du Vél d'Hiv. Le Vélodrome d'hiver. C'est là qu'on avait entassé tous les Juifs arrêtés à la mi-juillet 1942. Avant de les envoyer à Drancy, puis dans les camps de la mort. Il n'avait pas voulu bouger de son atelier de casquettes. Il était religieux. Portait fièrement son étoile sur sa poitrine. Il avait suivi les policiers français très droit, très digne, sans angoisse.

— Mais qu'est-ce que tu en sais? me crie Ludo, il était peut-être mort de trouille. Peut-être même qu'il avait perdu la foi.

Il était arrivé à Paris en 1920, après un pogrom particulièrement sanglant à Chelm, où il habitait avec sa femme et ses quatre enfants. Oncle David, oncle Serge, papa et tante Olga. Poussé par ma grand-mère qui avait une admiration sans bornes pour la France, pays des lumières et de la liberté, il était parti le premier. Tante Olga venait juste de naître. Il n'était pas question d'entamer le long voyage avec un nourrisson. En plus, ils n'avaient pu rassembler que la somme nécessaire pour le voyage en train de mon grand-père. Chelm, Paris. Via Berlin. Deux ans plus tard, à force de fabriquer des casquettes dans un atelier du XXe, grand-père Wakensman avait économisé suffisamment pour faire venir le reste de la famille.

Et puis, à peine quelques années après l'arrivée de ma grand-mère à Paris, ils avaient divorcé. Papa n'avait pratiquement jamais vécu avec son père. Grand-mère Wakensman n'avait pas supporté de reprendre la vie commune. Mon grand-père était trop pieux pour elle, qui était *bundiste*[1]. Trop vieux aussi. D'ailleurs, elle ne l'avait jamais aimé.

— Mais enfin, qu'est-ce que tu en sais ? répète Ludo, indigné. Tu inventes encore !

Leur mariage avait été arrangé. Et leur divorce n'avait pas été facile. Grand-mère interdisait à ses enfants de parler à leur père. Grand-père avait essayé maintes fois de garder le contact, puis s'était lassé.

Pendant toute la guerre, du fond de son stalag[2], mon père avait pensé à son propre père et s'était promis d'aller le voir, au retour. Refaire connaissance. Parler peut-être. Mais trop tard. Après sa libération, mon père était allé tous les jours à l'hôtel Lutetia. C'est là que les déportés arrivaient. Puis, à force d'entendre les histoires des rescapés, il s'était rendu à l'évidence. Son père ne reviendrait jamais.

Il était trop vieux. Il avait dû être gazé dès son arrivée à Auschwitz. Ou même mourir étouffé dans le wagon du train de Drancy. En voyant les photos dans les journaux, les images des actualités au cinéma, il s'était dit qu'au moins il n'avait pas souffert aussi longtemps que d'autres. Mais c'était une bien piètre consolation. Il en gardait une blessure qui cicatrisait mal. Il ne lui avait pas dit au revoir, ni posé les questions qui resteraient à jamais sans réponse. Et personne n'avait récité le *Kaddish*[3] le jour où il était mort.

Je ne sais même pas où c'est, le Vél d'hiv. Ce fameux Vélodrome d'hiver. Mon père m'a raconté une fois qu'il y

1. Membre du Bund, mouvement ouvrier juif communiste de l'Europe de l'Est.
2. Camp de prisonniers militaires de la Seconde Guerre mondiale en Allemagne.
3. Prière juive récitée par les personnes en deuil.

allait souvent, avant la guerre, pour voir les courses de vélo. Il adorait ça, le vélo.

Il aurait sans doute beaucoup aimé la côte ouest, où tout le monde est dehors qu'il pleuve, qu'il vente ou qu'il neige. Où tout le monde marche, jogge, court, bicycle, patine, planche à roulettes, planche à voile, skie, nage, kayake, plonge, campe, randonne, escalade, soulève des poids et que sais-je encore. Ce terrorisme du corps parfait est parfois pesant, voire ridicule, mais moins pathétique que le laisser-aller général qui prévaut au sud de la frontière. Une population de beaux blonds (et de beaucoup moins blonds) athlétiques, sains et propres. Naturels. Sans angoisses. Limite inquiétants. Mais heureusement, leur métissage de tous poils forme un barrage naturel à toute velléité d'hégémonisme à la teutonne cuisson d'avant-guerre.

Après la guerre, mon père n'avait plus touché son vélo. Ça le dégoûtait un peu. Il lui restait pourtant la nostalgie de la vie au grand air qu'il avait découverte en 1936 avec les premiers congés payés. L'escalade, la montagne, avant les remontées mécaniques, quand on portait ses skis dans son sac à dos, les escapades en vélo, le camping. Il allait avec sa bande de copains (tous communistes, la plupart juifs et étrangers... peu sont revenus...) camper à Sermaise, sur les bords de l'Orge qui se jette dans la Seine. Un petit paradis terrestre qu'ils avaient trouvé dans l'Essonne au cours de leurs balades.

Mimi la rousse, son grand amour, celle avec qui il dansait au Bal à Jo, rue de Lappe, celle avec qui il allait manger des frites et des matelotes au P'tit Rob, la guinguette de la Marne, Mimi la rousse ne l'avait pas attendu. À son retour, elle était mariée et enceinte. Elle était goy et même pas communiste. Elle s'était intégrée à la bande parce que, fille de la concierge d'un immeuble voisin, elle les voyait toujours partir ensemble et avait fini par les convaincre de l'emmener avec eux. Elle pensait qu'elle ne le reverrait jamais (« Avec mon pedigree, tu penses, Juif, Polonais, communiste ») et avait passé la guerre avec la rage de vivre de ces années-là.

Revenu à Paris, papa n'était plus que l'ombre de lui-même, épuisé, dégoûté, déçu, brisé, cassé, détruit, se sentant coupable. Il avait peur de tout, la colère bien enfouie sous la peur, la révolte écrasée par la peur, la joie de vivre anéantie par la peur. La peur suintant de tous ses pores. En fait, il n'était plus que cette peur. Une lasagne de peur. En couches successives. Une grande peur dévorante qui l'enchaînait depuis des années. Peur que les soldats allemands découvrent qu'il était Juif. Que les autres prisonniers le dénoncent. Qu'il soit envoyé dans ces camps dont on ne revenait pas. Peur de la nuit. Peur du jour. Peur de manger. Peur de mourir de faim. Peur de dormir. Peur des Bretons. Des Français. Des Anglais. Des Polonais. Des Ukrainiens. Des Allemands. Peur de la famille allemande chez qui il allait bêcher les champs de patates. Peur de ses gardiens. Peur de ses compagnons de stalag. Il avait marché sur des œufs, en terrain miné, jour et nuit pendant cinq ans. Ne pas trop parler. Mais un peu quand même. Être amical. Mais pas trop populaire. Être discret. Mais pas trop solitaire. Être obéissant. Mais pas obséquieux. Participer sans se faire remarquer. S'évader ou ne pas s'évader. Survivre.

Il lui avait fallu plusieurs années pour retrouver un sommeil plus ou moins tranquille. Où était-il passé, l'hédoniste athlétique, sain de corps et d'esprit, énergique et heureux, qui plaisait aux filles ? Laissé dans le baraquement dix-sept de son stalag. Perdu quelque part sur les routes d'Allemagne entre les pommes pourries et les pommes de terre déterrées à la main. « On a même mangé de l'herbe tellement on avait faim ! » Desséché par la trouille, la frousse, la pétoche, le taffetas, la venette, la vesse. Il était revenu aux trois quarts chauve. Avec un ulcère à l'estomac. Les bronches encore plus fragiles. Ratatiné comme un vieillard. À vingt-sept ans.

Tout cela, je l'avais appris par bribes. Deviné, extirpé, arraché à sa mémoire récalcitrante, ajouté à ses sempiternels silences. Il fallait y voir la raison de sa résignation, de sa docilité, de sa mollesse. La mort de ma mère n'avait sûrement pas arrangé les choses.

— Ta mère aussi le trouvait un peu mou, avait laissé un jour échapper tante Ranya la fortunée, qui n'avait jamais eu peur de rien, si ce n'est de se casser un ongle. Pas assez entreprenant. Pas assez déterminé. Plan-plan. Ils ne s'entendaient plus si bien que ça, vers la fin.

J'avais sursauté. Tante Ranya avait même laissé planer un doute. Un amant ? Une mort pas si accidentelle que ça ? J'étais adulte alors, et papa était mort depuis longtemps. Trop tard pour lui poser la question. D'ailleurs, aurais-je jamais osé ? J'essaye vainement de creuser ma mémoire. J'étais tellement petite. Les circonstances de sa mort n'ont jamais été claires pour moi. Elle avait été malade, je m'en souviens. En quarantaine. Dans sa chambre, ça sentait un mélange de pain frais et d'acétone. Oui, elle avait été très malade. D'une de ces maladies dont on ne connaît pas le nom.

— La typhoïde, me précise tante Kenza le trésor, qui sert de mémoire à la famille.

Tante Kenza tient un répertoire exact des dates anniversaires, de naissance, de mariage et de décès de chacun. Elle a une multitude de petits carnets où elle note tout. Du dernier film qu'elle a vu à la recette de cuisine entendue à la radio, en passant par ses dépenses et ses rencontres.

— La typhoïde, dit donc tante Kenza. Une maladie tout à fait connue, qu'est-ce que tu racontes ?

Va pour la typhoïde. Et puis un jour, elle avait disparu. Pendant longtemps, personne n'avait plus parlé d'elle. J'avais toujours cru que c'était la maladie.

— Mais non, enfin, s'indigne tante Kenza en agitant les mains, elle a eu un accident de voiture. De-voi-ture. Un-ac-ci-dent ! Avec la 4 CV. Tu le sais pourtant !

Comment ça, je le sais pourtant ? Qui me l'a dit ? Tante Kenza secoue les mains.

— Renversée dans un fossé. Ce n'était pas stable, les 4 CV. Ça ne tenait pas la route.

Faute d'inattention, comme me le reprocheront plus tard les maîtresses de l'école primaire, les unes après les autres.

— On ne sait pas ce qui s'est passé.

— Elle conduisait très bien, ta mère, insinue tante Ranya. Ton père a été interrogé par la police.

Mon père ? Comment imaginer une chose pareille ? Plus non violent que lui, tu meurs. Plus résigné. Plus docile. Plus pacifiste. Impensable. Un amant peut-être. Un crime, non. Faut quand même pas pousser.

20

Je me lève d'un coup sur le lit et manque de me retrouver par terre, emmêlée dans les tuyaux de la perfusion. Ils m'ont sans doute couchée près de Sacha lorsque je me suis évanouie. Cela devient grotesque. Épidémie galopante ou mimétisme psychosomatique ? Sacha respire régulièrement. La fièvre semble contrôlée. Je me sens beaucoup mieux. Sauf cette aiguille plantée sur le dos de ma main qui me brûle. J'ai bien envie de l'arracher.

*

Elle avait eu un accident de voiture. Tout simplement. Bien sûr que je le savais. Un accident de voiture. Avec la 4 CV. Elle était toute seule, quelque part sur une route d'Alsace.

— Mais pourquoi tu mets l'Alsace partout ? T'es obsédée ou quoi ? soupire Ludo exaspéré.

Elle était en retard. Stressée. Mon père était au téléphone et n'avait reçu l'appel de la police que très tard. Elle était morte dans l'ambulance qui la ramenait vers Paris.

Mon père ne supporterait plus jamais les appels téléphoniques qui traînaient en longueur. C'était avant l'invention de la fonction *appel en attente* et c'était longtemps après la typhoïde. Peut-être six mois ou un an après. Comment pouvais-je mélanger les deux ?

Ensuite, mon père avait acheté la Dauphine jaune citron. Celle avec laquelle il était venu me chercher à Amezrou. L'été de mes dix ans, il inaugurait sa première 403 noire qui tirait la caravane.

On a finalement reçu des nouvelles de Casa. Dans une enveloppe bleue très fine avec un avion imprimé dessus. Ma nouvelle cousine s'appelait Émilie, comme ma Maman-Massouda-qu'il-ne-fallait-pas-oublier. Du second prénom de ma mère, que Ranya-Béatrice, qui s'ingéniait à gommer chez elle et dans sa famille tout ce qui ne faisait pas assez français, trouvait plus convenable. Émilie, donc, avait quelques mois et des grands yeux noisette aux très longs cils. Ludo et moi ferions sa connaissance l'été suivant. Il y avait une photo.

— Oui, bof, a dit Ludo, moi, les bébés…

Je savais bien qu'au fond il était vexé, peut-être même jaloux.

— Il y a eu un attentat au Petit Clamart, a-t-il ajouté, ça, c'est de la nouvelle.

Quoi ? Qui ? C'était quoi exactement, un attentat ? Et qui c'était, le petit Clamart ? Mais il était déjà parti. Je restais clouée sur ma banquette de caravane avec mes questions sans réponses et mes rêveries creuses. Ma provision de livres était épuisée depuis longtemps.

L'été a fini par finir. J'ai entamé ma première année de lycée avec excitation et un an d'avance. À la radio, qui hurlait en permanence dans la salle à manger vide, entre « Une petite fille en pleurs » et « Jolie petite Sheila », on parlait beaucoup des conséquences de l'attentat. Je pensais souvent à ce pauvre petit Clamart. Je ne comprenais pas très bien ce que le général de Gaulle, qui nous avait pourtant tous compris, avait à voir là-dedans. Ni ce que son élection y pouvait. *Charlot des sous !* C'est comme ça qu'on appelait le président à la maison et pendant longtemps j'avais cru que Charlot-des-sous était Charlie Chaplin.

— Mais non, gourde, pas Charlot, l'acteur, Charlot, le président ! m'avait asséné Ludo comme une évidence.

Ça m'avait soulagée. Je m'inquiétais de ce que papa et ses copains de manif réclament des sous à Charlot, qui était toujours fauché, toujours perdant et toujours de bonne humeur. Où les aurait-il trouvés, grands dieux, et surtout pourquoi ?

Bref, maintenant que Charlot-des-sous était notre président, la question était de savoir comment il était mêlé à la tentative d'enlèvement de ce pauvre petit Clamart. Et si moi aussi, on m'enlevait ?

Je me voyais, comme dans les Daphné du Maurier (reliés pur cuir) de ma mère, jeune lady (de dix ans) à la beauté fière et au caractère rebelle, réfugiée au bord de la Manche (rive gauche de la Seine) dans sa résidence de Narvon (immeuble ouvrier de la rue Buffon, premier étage au fond de la cour, station Austerlitz). Là, je rencontrais l'homme qui saurait me séduire : un pirate français du nom de Pierre Blanc (quel nom ! quelle profession ! quelle imagination !). Mais l'impitoyable Lord Rockingham (un *bad boy*, quel délice !), qui me poursuivait de ses assiduités, n'entendait pas céder à un pareil rival. Non, n'entendez pas mon cher Lord Croquingham, n'entendez pas ! Enlevez-moi...

— Mais non, idiote, pas un enlèvement, un attentat !

Et Ludo balayait toute la chambre de sa mitraillette imaginaire, arrosant généreusement au passage les poupées en costumes folkloriques que la marâtre s'obstinait à m'acheter régulièrement, malgré mon dégoût marqué pour leurs atours racoleurs, leurs couleurs criardes et leur inutilité évidente, alignées sur les étagères au-dessus de mon lit.

— Et le petit Clamart, il en est mort ?

Tout à coup inquiète. Ludo levait les yeux au ciel pour la cent millième fois depuis ma naissance, pour me signifier que je n'étais pas seulement une idiote, mais une triple idiote, la mère de toutes les idiotes, l'idiotie en personne, complètement débile, irrécupérable, incurable et sans espoir. Point à la ligne. Et il s'enfermait alors dans un mutisme qu'il voulait digne et supérieur.

— Exactement ! confirme Ludo. Digne et supérieur. Mais tu avoueras quand même qu'elle était idiote ta question, non ?

Bon d'accord.

Un peu plus tard, il y avait eu l'affaire des missiles cubains, dans la foulée de celle de la baie des Cochons, l'année précédente... ça ne s'arrangeait pas outre-Atlantique !

Youri Gagarine, dont le nom évoquait immanquablement pour moi un yogourt, avait été le premier homme dans l'espace, mais les Américains, rien que pour faire la nique aux Soviets, s'excitaient pour être les premiers à aller faire un tour sur la Lune. Cosmonautes contre astronautes, qui allait gagner ? J'imaginais des cochons à califourchon sur des fusées en forme de pot de yogourt, prêtes à décoller en rafales, pendant que Castro fumait son cigare, l'air satisfait, que les Ricains paranoïaient et s'agitaient comme des protons accélérés, que le mur de Berlin continuait à monter et que Khrouchtchev tapait sur la table avec sa chaussure… la comédie a assez duré ! Bref, ça chauffait chez les grands. La marâtre, elle, parlait tout le temps de Kennedy qui était beau comme un dieu… et si jeune en plus ! Papa la regardait un peu de travers.

21

On n'avait pas encore fait connaissance avec le bébé Émilie, mais on en entendait parler abondamment. Tante Ranya venait plusieurs fois par an à Paris. À chacun de ses voyages, elle venait nous chercher pour un jeudi après-midi « de rêve ». Avant, entre trois courses pour elle, elle arrivait toujours à coincer un spectacle de guignol au Luxembourg, une séance de cinéma, une visite dans un musée ou une dégustation de gâteaux dans un salon de thé, qui nous faisait plus ou moins oublier les longues heures à l'attendre.

Désormais, elle courait en plus les magasins de layette, de mobilier et d'autres articles indispensables à sa petite princesse. On passait des heures dans la voiture, dans les embouteillages ou garés en double file pendant qu'elle allait d'une course à l'autre. À la fin de la journée, elle s'arrêtait Au Nain Bleu, rue Saint-Honoré, le plus vieux magasin de jouets de Paris, juste avant la fermeture, et nous pressait de choisir ce qui nous ferait plaisir. Saturés de fatigue et d'ennui, on n'avait plus envie de rien.

— Choisissez ce que vous voulez, mes chéris, ce que vous voulez. La vérité, s'ils n'ont pas ce que vous voulez ici, je vous emmène au souk de Tombouctou !

On était intimidés par les belles vitrines, les jolies vendeuses, les prix, le luxe, le choix. Elle nous répétait que c'était le magasin le plus chic, le plus élégant de Paris. On venait du monde entier pour acheter des jouets ici.

— C'est princier ! Non, c'est royal ! Impérial ! Souverain !... Allez, les chéris, dépêchez-vous, choisissez quelque chose.

On n'osait pas. C'était comme pénétrer dans la caverne d'Ali Baba sans avoir le droit de prononcer la formule magique que l'on connaissait pourtant par cœur. Ou plutôt la caserne d'Ali Baba. Encerclés par des officiers menaçants. L'index sur la bouche. On était éblouis et paralysés. Raides comme des recrues au garde-à-vous. *Sésame ouvre-toi* ne passerait nos lèvres serrées sous aucun prétexte.

Alors, on choisissait n'importe quoi, un petit truc pas cher, dont on n'avait que faire, juste pour ne pas avoir à avouer que ce que l'on voulait vraiment, ce qui nous avait vraiment émerveillés, ce dont on rêvait secrètement, c'était l'énorme coffret de chimie, la maison de poupée avec tous les meubles, la panoplie d'Indienne en vrai daim avec des vraies plumes et des vraies perles, la mini-voiture-à-essence-à-moteur ou le meccano de mille pièces.

Elle regardait à peine ce qu'on avait choisi. Les vendeuses, qui la suivaient comme une impératrice, posaient sur le comptoir la ribambelle d'ours en peluche et de poupons qu'elle avait pris pour sa fille. Jusqu'à ce qu'elle ait fini de payer, on espérait qu'elle se rendrait compte qu'on n'avait pas choisi ce qu'on voulait vraiment. « Mais enfin, les enfants, dans tout ce magasin, c'est tout ce que vous trouvez, c'est tout ce qui vous fait envie, cette corde à sauter, cette petite balle ? Vous êtes sûrs que toi, ma poupée, tu ne veux pas la jolie panoplie d'Indienne en vraie peau, avec des vraies perles, que tu regardais tout à l'heure ? Et toi, mon Ludo, toi qui veux toujours construire des choses, tu es sûr que tu ne veux pas ce grand meccano, avec un petit moteur pour faire des locomotives ? » Et elle nous regarderait droit dans les yeux et nous, on hocherait la tête en serrant les lèvres pour ne pas pleurer de bonheur. Et elle nous embrasserait et nous dirait qu'elle savait, qu'elle comprenait.

— Arrête de faire ta midinette ! Sortez vos mouchoirs ! s'empresse de se moquer Ludo, j'en voulais même pas de ce meccano !

On portait les paquets dans la voiture et elle nous ramenait à la maison pour l'heure du dîner.

On lui disait à peine au revoir, vaguement gênés, avec un certain mal au ventre, le sentiment de s'être un peu fait rouler au chapitre de l'amour et d'avoir été aussi honnêtes qu'un curé au bordel. C'est sûr, elle avait maintes fois demandé :

— Mon poupon d'amour, qu'est-ce que tu me racontes ? en me regardant dans le rétroviseur, à un feu rouge.

Mais le temps que je trouve par quel bout commencer, quel événement de ma morne existence valait la peine d'être raconté à ma flamboyante tante dont la vie semblait être une succession d'aventures plus excitantes les unes que les autres, peuplée de gens plus importants les uns que les autres, le feu était passé au vert, et tante Ranya était déjà repartie dans l'une de ses histoires sans fin, à propos de gens qu'on ne connaissait ni d'Ève ni d'Adam, et dont on ne comprenait pas pourquoi elle nous les racontait. Bref, toute la journée, nous avions été soûlés de paroles inutiles, blessés, tentés, déçus et finalement nous étions contents de retrouver notre solitude silencieuse.

Comme nous savions qu'à la moindre occasion la marâtre nous soumettrait à l'inquisition, nous raccourcissions d'autant plus les embrassades et les au-revoir à la porte. La marâtre tenait la porte entrouverte, sans inviter tante Ranya à entrer. Tante Ranya poussait la porte, passait devant elle, l'ignorant comme un mannequin de cire du musée Carnavalet, s'asseyait dans un fauteuil du salon et s'attendait à ce qu'on lui offrît quelque chose à boire. La marâtre refermait la porte d'entrée en la claquant, se plantait dans l'embrasure du salon, les bras croisés sur la poitrine, la bouche pincée et les sourcils arqués en voûte de cathédrale. Ça sentait le roussi.

Nous les laissions en tête à tête, emportant avec nous la vague image d'un boa constrictor face à un python, sur le point de s'enrouler l'un autour de l'autre pour s'étouffer. Nous n'avions l'intention ni d'assister au combat ni d'entendre les questions tranchantes de la marâtre. Car alors, plus d'échappatoire. Comme la Gestapo, elle aurait les moyens de nous faire parler. Il nous faudrait donc être de nouveau faussement sincères et sincèrement faux. Sous prétexte de devoirs à finir, on filait en vitesse dans nos chambres, essayant de ne pas trop y penser.

Je retrouvais avec soulagement mes livres où la vie, si elle n'était pas plus simple, avait tout au moins le mérite de me distraire de la mienne.

22

Le silence règne dans le couloir de l'hôpital. Derrière le comptoir des infirmières, la grosse horloge marque deux heures du matin. Je pense à Maya, seule à la maison. J'ai bien envie d'appeler leur père. Mais au milieu de la nuit ? Il habite à deux heures d'ici. De l'autre côté de la frontière. Non, je l'appellerai à cinq heures. Il aura le temps d'arriver avant que Maya ne se lève. J'allume une minute mon cellulaire, en me sentant coupable (vais-je provoquer l'arrêt d'un appareil, la mort de quelqu'un ?) Je n'ai pas de message.

Une infirmière, surgie de nulle part, me répète pour la troisième fois :

— *Are you ok ?*

— *Yes, Yes, I am sorry. I just wanted to take off that needle. It's bothering me and I don't think I need it anymore.*

Elle me regarde comme une grenouille qui se prendrait pour un bœuf, mais me sourit très poliment en m'assurant avec la douceur feinte qu'on réserve aux simples d'esprit que ce n'est pas une bonne idée. Les docteurs ne vont pas tarder à revenir, et je pourrai le leur demander moi-même. Il vaudrait mieux que je retourne m'allonger. Docilement. Je la remercie de tant de sollicitude. Elle me répond à la canadienne que je suis *most welcome.*

Je retourne dans la chambre de Sacha, qui dort. Je touche son front, il est moins chaud. Je m'allonge. J'attends le retour des docteurs comme le messie. Depuis cinq mille ans. D'ailleurs, un miracle ne serait pas mal, là, maintenant, tout de suite. J'aimerais que le jour se lève. Les catastrophes arrivent toujours la nuit.

*

Elle roulait sur une petite route d'Alsace, un soir d'hiver.

— Tu m'énerves ! De toute façon, c'était en Bretagne, crie Ludo. Tu n'as jamais eu le sens de l'orientation !

Elle allait vite. Des embouteillages à la sortie de Reims (« Rennes ! je te dis ! Rennes ! ») l'avaient mise en retard. Elle était fatiguée et voulait arriver vite à l'hôtel.

— Tu inventes encore !

Le lendemain était un jour important. Elle devait rencontrer son premier gros client.

Tais-toi, Ludo ! Je sais, j'invente.

Elle venait de démarrer sa propre entreprise. Avec sa cousine. Une boîte de prêt-à-porter. C'était la nouvelle mode, c'est le cas de le dire. L'année où je suis née, elle avait lu dans le magazine *Elle* que la tendance était aux robes toutes faites. Deux années plus tard, un magazine entier y était consacré, le *Jardin des modes*. Alors, ma mère, qui avait le sens de l'aventure, le don des affaires et le goût du risque, avait fini par monter une boîte avec une cousine maternelle retrouvée à Paris par hasard. Cela faisait des années qu'elle en parlait, qu'elle en rêvait.

— Elle est folle, avait dit mon oncle Serge qui cousait à la main des manteaux sur mesure pour une grande maison de confection pour dames.

— Et puis, les *shmates* [1], ce n'est pas un métier pour les séfarades ! avait ajouté tante Léa qui n'en ratait jamais une.

De la part d'oncle Serge, c'était du dépit.

Il savait déjà que sa vie ne changerait pas d'un iota au cours des cinquante prochaines années. Il habiterait dans le même minuscule appartement, avec toilettes sur le palier. Il travaillerait dans le même atelier au fond de la cour, en bas de

1. Littéralement *chiffons* en yiddish, se dit en parlant du monde de la confection, de la mode, du prêt-à-porter et de la haute couture.

chez lui, encombré et de plus en plus poussiéreux, ses clients se faisant de plus en plus rares au cours des années. Il vivrait avec la même femme qui lui empoisonnerait chacun de ses jours de ses constantes critiques. Et il continuerait de s'indigner contre toutes les injustices de la terre. Les procès de Moscou. La répression de l'insurrection de Budapest. La ségrégation. La guerre d'Algérie. Les chars à Prague. Pinochet. La guerre du Golfe. Sarajevo. Le Rwanda. Sans que cela ait aucun effet sur aucune d'entre elles.

Ce soir-là, au téléphone, mon père avait hoché la tête et fredonné que *les braves gens n'aiment pas que l'on suive une autre route qu'eux*. Oncle Serge, qui avait l'oreille fine, se l'était tenu pour dit. Changeant de sujet, il était revenu sur l'insurrection de Budapest. C'est pour ça qu'il avait rendu sa carte. Mon père, lui, l'avait fait en rentrant de la guerre. Certains des copains étaient restés au Parti, d'autres non.

Chez les Wakensman, ce différend à peine exprimé était l'équivalent d'un esclandre fracassant chez les Zitoune. Avec vaisselle volant en éclats, insultes définitives, portes qui claquent à lézarder les murs, longues bouderies silencieuses, réconciliations à épanchement lacrymal et grandes embrassades à s'en décrocher la nuque. Côté ashkénaze, le simple fredonnement d'une chanson populaire suffisait.

Malgré l'évidente malveillance de tante Léa, papa avait passé l'éponge en silence et s'était prêté de bonne grâce aux discussions politiques de son frère. Pendant ce temps, la police essayait de l'appeler pour lui dire que sa femme s'était renversée dans un fossé, qu'elle était gravement blessée et qu'on la transportait d'urgence à l'hôpital le plus proche.

23

Une vague d'ammoniaque me chatouille les narines. J'ouvre un œil. Une femme, en blouse verte, passe une serpillière dans le couloir. Hygiène ou obsession de masquer les odeurs des malades ? Effacer les miasmes putrides des épidémies reviendrait à les éliminer ? Pestilence égalerait peste ? Pourquoi ne pas plutôt faire brûler du papier d'Arménie, de l'encens ou des essences aromatiques ? Un hôpital qui sentirait le jasmin, voilà qui serait bon pour le moral des patients.

*

Cela sentait tellement bon dans le jardin de tante Ranya. La chaleur semblait exacerber les parfums des fleurs, des arbres et de la cuisine qui se mêlaient avec bonheur. Chaque fragrance, chaque essence, me semblait plus délicieuse que la précédente. La *nahnah*[1] poivrée, la coriandre acidulée, les citrons et les pamplemousses limonènes, les oranges amères, le jasmin en fleurs, les camélias évanescents, les bougain-villiers obstinément inodores mais aux couleurs si intenses qu'on s'imaginait les sentir, le cumin corsé, le pain frais et le café au lait. J'aimais toutes les odeurs au Maroc. Celle légè-rement sûre et rance de Fatima qui me réservait toujours le matin une de ses petites crêpes au miel, qu'elle appelait *remsemen* et qui ressemblaient aux *moufletas* de la Mimouna.

---

1. *Menthe*, en marocain.

— Viens, viens, ma petite gazelle, *agi mena*[2], viens manger les bonnes *remsemen* de Fatima.

Celle, un peu grasse, du carburant à bateau quand on allait déjeuner, après un petit tour de ski nautique entre paquebots et remorqueurs, au restaurant du port où mon oncle Salomon nous retrouvait. Au menu : petite friture et calamars.

— Abderaman ! *Agi mena, agi !... Gibli*[3], s'il te plaît, encore des frites et de l'orangeade ! *Shoukrane sidi*[4] !

Celle, sucrée et riche, des beignets, frits dans la rue, que les petits vendeurs balançaient enfilés sur un jonc noué, comme les grosses perles d'un bracelet pour colosse gourmand.

— *Sfenj ! Sfenj !* Tout frais, tout chauds ! *Sfenj ! Sfenj !*

Tante Ranya nous interdisait d'en manger et nous n'avions de cesse que nous y ayons goûté. Il fallait attendre les escapades à Oualidia pour pouvoir nous en régaler. Celle des lampes à pétrole, le soir dans le cabanon de Oualidia. Sur les bords de l'Atlantique, au sud de Casablanca.

Oualidia. Rien que d'évoquer ce nom, je sentais la fraîcheur de l'air marin m'arriver aux narines, l'odeur du sable brûlant à marée basse, celle des varechs laissés à sécher, celle des fruits de mer que nous apportaient les pêcheurs le matin sur la terrasse.

Ils arrivaient avec leurs paniers pleins de poissons, loups ou rougets, de coquillages, huîtres, moules, crabes, crevettes, araignées de mer, oursins et leur balance en cuivre. Il s'ensuivait une longue discussion avec tante Ranya, à moitié en arabe, à moitié en français, avec un soupçon de berbère, histoire de la désarçonner, interrompue par de grands éclats de rire, des simulacres de départs furieux, des gestes définitifs, des numéros de charme, qui se terminaient immanquablement par une poignée de main.

— *Wharah*[5] ?
— *Wharah* !

---

2. *Viens ici.*
3. *Apporte-moi.*
4. *Merci, monsieur.*
5. *D'accord.*

— *Abslama, sidi*[6]*! Salam Alicoum*[7]*!*

— *Alicoum Salam*, madame !

Et le pêcheur se mettait la main droite sur la poitrine, se penchant légèrement en avant en empochant les pièces de l'autre main, reprenait sa balance, ses poids, ses paniers, sa canne à pêche et repartait. Tante Ranya se réjouissait.

— On va se régaler, les enfants !

Nous venions de rentrer d'une balade en bande à la Passe. C'est ainsi que nous avions baptisé l'étroite ouverture sur l'océan, entre les falaises qui formaient un barrage à l'horizon. L'eau de mer, qui entrait par cette ouverture, emplissait la lagune profonde et chaude, refuge d'une multitude d'oiseaux, de poissons et de crustacés. La lagune offrait son relief complexe à nos explorations, en bateau, à la nage ou à pied, avec les copains d'oncle Salomon et de tante Ranya et leurs enfants.

Il y avait les frères Attal, Paulot et Pierrot, qui avaient le cabanon voisin de celui de ma tante, face à la Passe. Ils exploitaient une orangeraie entre Casablanca et Oualidia. Deux célibataires endurcis qui, pour tout enfant, n'avaient élevé que des chiens. Des dobermans. Ils me terrorisaient. Les chiens, pas Paulot et Pierrot. Quoique. Pierrot pesait environ deux cents kilos et avait une main baladeuse redoutable. Paulot, lui, avait un corps athlétique et un doux sourire qui arrivait mal à masquer un regard glacial. Dans leur cabanon, ils hébergeaient tout le reste de la bande.

Il y avait surtout Mouchette, la pharmacienne. Dont la mère jouait à la canasta avec ma grand-mère Zitoune, rue de France. Amies et voisines à Amezrou, elles s'étaient retrouvées avec plaisir à Casa et avaient emménagé dans le même immeuble. Mouchette et ma Maman-Massouda-qu'il-ne-faut-pas-oublier étaient allées à l'école ensemble. Dans la classe de M. Taïeb à Zagora. Il me l'avait dit un jour après la classe, l'année du grand malheur, avec un semblant de larme au coin de l'œil.

---

6. *Au revoir, monsieur.*
7. *Que Dieu soit avec toi.*

— Ta mère, c'était la meilleure de ma classe. Avec Mouchette, elle a eu les meilleures notes du pays au certificat d'études. C'est dommage qu'elle n'ait pas pu continuer ses études comme Mouchette.

Au lieu de cela, elle avait « fait » secrétaire à Marrakech. Elle rentrait le week-end à Amezrou où sa paye aidait à faire vivre la famille.

Mouchette était partie étudier à Casa où elle avait épousé un avocat d'origine tunisienne, Joseph Bitoune, qui tenait avec mon oncle Salomon des discussions littéraires et philosophiques bien trop sophistiquées pour le reste de la bande.

Mouchette et Joseph Bitoune avaient une fille et un garçon, à peu près du même âge que Ludo et moi. Pendant des années, j'ai été éperdument et secrètement amoureuse de Julien. Et j'ai collé aux basques de sa sœur aînée, Suzy, qui me laissait faire même si elle était déjà ado. Je lui en vouais une adoration éternelle. Le soir, autour d'un feu de camp, nous chantions Ferré, Ferrat et les Frères Jacques, avec les autres gamins en vacances. Je me sentais grande, libre, forte. Suzy et Julien avaient une confiance en eux, une joie de vivre, une stabilité mentale curieusement contagieuses.

À leur contact, j'entrevoyais la possibilité de devenir autre chose que soumise ou délinquante. J'avais lu cette phrase dans un livre d'Alain Robbe-Grillet, que je me répétais en boucle, en pensant à ma vie *patchwork* : « Je me construisais de plein de choses, je me construisais de morceaux du monde. »

24

Sacha gémit de nouveau. J'essaye de me lever pour lui éponger le front, mais je suis trop faible. Je lui tends la main. Dans son sommeil, il la saisit. Nos deux mains s'emboîtent parfaitement l'une dans l'autre.

*

— La reconnaissance d'un écrou par une vis est toujours une question de chiralité, me lance Ludo, pédantesque à mort.

Je ne sais pas ce qu'il lit, mais cela ne me fait pas envie du tout. Ludo et moi avions quotidiennement des joutes oratoires que je perdais toujours. J'étais une éponge. J'absorbais rapidement et superficiellement. Il suffisait de me tordre pour que j'oublie tout. Alors que lui, c'était un puits. Beaucoup plus laborieux et beaucoup plus profond. Il peinait pour assimiler mais, au bout du compte, il acquérait les différents degrés de compréhension d'un concept, sans plus jamais les oublier. Il savait aussi comment utiliser ses connaissances. Je ne savais qu'en faire. Je n'arrivais pas à faire usage de ce que j'avais lu dans tel roman ou tel essai et à lui clouer le bec avec éclat. Il me mettait au pilori sans état d'âme et en un éclair, avec une facilité que j'admirais, malgré ma déconfiture.

— C'est vrai ? me demande Ludo avec un sourire étonné et gourmand.

Oui, Ludo, je t'admirais. Je t'adulais. Je me serais fait couper en morceaux pour toi. Et je trouvais normal de ne pas être à la hauteur. N'est-ce pas le sort de tous les benjamins ?

À Oualidia, l'été, chez les Chechane le dimanche, chez oncle Sauveur et tante Olga lors des repas de famille, Ludo m'oubliait. Il trouvait d'autres compagnons de jeu, bien plus intéressants que moi : Julien, l'été, deux des fils Chechane et notre cousin Simon, le dimanche.

J'allais alors traîner avec le plus jeune fils Chechane et parfois avec mon cousin Doudou.

Par bravade, alors que tous leurs copains essayaient vainement d'oublier les années de la guerre, les Chechane avaient donné à leurs trois fils les noms des fusillés de l'affiche rouge : Missak, Léo et Jonas. Ils respectaient ainsi le dernier vœu de Missak Manouchian : honorer leur mémoire dignement. La mère Chechane, Elsa, résistante de la première heure, les avait bien connus.

Les fils Chechane devaient avoir beaucoup plus de problèmes que moi lors des rentrées scolaires. Car si, dans la bande, nous les appelions les Chechane, ce n'était que l'abréviation de leur nom, qui s'écrivait comme cela ne se prononçait pas, Cszeszandowiczy.

Cela n'avait pas dû être facile pour les trois garçons d'apprendre à écrire leur nom à la maternelle. Jonas, lui, en riait. Il adorait les mots difficiles, les orthographes surprenantes.

Un jour, pendant que Ludo, Missak, Léo et Simon (qui avaient réquisitionné Doudou pour faire l'arbitre) se disputaient une partie de tennis en double, nous nous étions rendu compte avec ravissement, Jonas et moi, que nous avions tous les deux l'habitude de lire le dictionnaire. Nous étions allongés sous un pommier dans le verger de la maison de campagne de ses parents, près de Melun. Regardant une pomme pas encore mûre et pourtant déjà d'une taille imposante, il avait pointé l'index vers une petite mouche qui s'y était posée, et avait dit *Protozoaire amibien*. En désignant le trou creusé par un ver dans une pomme tombée à terre près de nous, j'avais répliqué immédiatement *Vortex abyssal*. Nous avions éclaté de rire. Nous aimions le son des mots, l'évocation qu'ils suscitaient, le rêve qu'ils permettaient, indépendamment de leur sens.

Ludo ne comprenait pas mon attirance pour le dictionnaire. Il me disait que j'étais bizarre. Pas seulement bizarre. Complètement bizarre. Bizarre jusqu'à l'os. La bizarrerie en personne. Bizarre au point d'être internée au zoo du Jardin des Plantes. Ou enchaînée sur la piste du cirque d'Hiver, métro Filles du Calvaire, ça tombait bien. Saugrenue. Incongrue. À enfermer dans une cage et mon dictionnaire avec.

Jonas, lui, ne trouvait pas cela insolite du tout. Il ne pensait pas que cela méritât le zoo, ni même le cirque. Quoique c'était relativement clownesque. Immédiatement complice, Jonas.

Depuis ce jour-là, nous nous lancions souvent des mots abscons à la figure, suivis de gloussements, en nous défiant du regard, au milieu de la conversation des aînés, qui nous regardaient comme deux dinosaures coiffés d'un entonnoir. J'adorais ces dimanches.

D'abord, nous échappions pour quelques heures à la surveillance de la marâtre. Ensuite, papa semblait heureux, véritable lustre en cristal d'un château délabré qu'on aurait soudainement allumé. Il avait dans les yeux un éclat de liberté, au milieu de ses anciens copains, avec qui il racontait des blagues, perlées de mots yiddish, des histoires du bon vieux temps, d'avant la guerre ou alors (mais non sans avoir jeté un regard circulaire pour vérifier que la marâtre n'était pas dans les parages) du temps de ma mère. J'aimais le voir comme ça.

Et puis, j'aimais aussi jouer avec la bande de garçons. Même si c'était toujours moi l'Indien qu'on attachait au pommier, pendant que la troupe de cow-boys discutait de la meilleure manière de me supplicier. Même si c'étaient eux qui se cachaient et moi qui cherchais. Même s'ils se moquaient de moi, cible facile. Même si, soudain, devant ma moue, ils me traitaient en bébé qu'il fallait protéger. Je les aimais. C'était ma bande de garçons.

Chaque dimanche, d'autres copains de l'avant-guerre étaient invités à la maison de campagne, près de Melun. Certains n'avaient pas encore d'enfants ou leurs enfants étaient trop petits ou trop grands ou je ne m'en souviens plus.

Souvent les parents nous disaient de jouer avec la petite Blum ou le petit Steinberg, de ne pas le laisser tout seul, voyons, ce n'est pas gentil. On essayait sans trop d'enthousiasme de l'inclure, mais la plupart du temps, l'enfant était tellement effrayé par la violence verbale des grands ou par la bizarrerie du vocabulaire des petits qu'il retournait très vite près de ses parents en disant que non, après tout, il n'avait vraiment pas envie de jouer, et est-ce qu'on ne pouvait pas rentrer à la maison parce qu'il s'ennuyait ici. Ses parents se fâchaient, lui disaient qu'il était insupportable et qu'il n'avait qu'à s'amuser tout seul, puisque c'était comme ça, d'ailleurs il leur faisait honte et ferait mieux d'arrêter de pleurnicher ou il serait puni.

Parfois, oncle Serge, tante Léa et mes cousines venaient aussi. Cela changeait la dynamique. Mes cousines, habituées à jouer entre filles, introduisaient un élément de séduction, un fond de jalousie, un soupçon de chamaillerie dans notre groupe. Il n'était pas question de les ignorer. Elles ne se laissaient pas intimider. Les garçons avaient alors tendance à faire bloc et à me rejeter dans le camp des filles. Je me sentais rarement solidaire.

Quand une grosse dispute éclatait entre filles et garçons, je m'éloignais, généralement suivie de Jonas et de Doudou qui fuyaient aussi les affrontements et nous reprenions nos jeux, mélange d'inventions littéraires, d'observations biologiques, de tours de magie et de fous rires.

Mes cousines retournaient alors près des parents et leur disaient que non, après tout, elles n'avaient vraiment pas envie de jouer, et est-ce qu'on ne pouvait pas rentrer à la maison parce qu'elles s'ennuyaient ici. Oncle Serge les regardait en penchant la tête sur le côté droit, fronçant le sourcil gauche. Il avait justement une bonne main à la belote et ça ne lui disait rien du tout de rentrer tout de suite. Mes cousines n'insistaient pas et allaient jouer toutes les deux dans un coin du jardin. De toute façon, elles avaient l'habitude d'être seules, ensemble.

Les dimanches s'écoulaient ainsi. Après le déjeuner, on jouait. Des parties de cartes, volley, ping-pong, tennis, cache-cache, cow-boys et Indiens, s'organisaient chez les adultes et chez les jeunes. Vers dix-sept heures, tout le monde s'entassait dans les voitures et l'on rentrait à Paris, en pestant contre les embouteillages.

Jo Chechane avait le sens des affaires et il en faisait profiter tout le reste de la bande, qui avait connu des hauts et des bas depuis la fin de la guerre. Plutôt des bas, pour ne pas dire des sous-sols. Seul mon oncle Sauveur semblait s'en sortir. D'ailleurs, bientôt il achèterait lui-même une maison de campagne du côté de Pontoise et cela en serait fini de nos dimanches à Melun. La bande finirait par s'éparpiller. Mais, en attendant, j'avais onze ans et je découvrais l'amour.

Le téléphone était alors réservé aux adultes et depuis cet appel raté de la police, le jour du grand malheur, il était devenu tabou. Dès que la conversation dépassait quelques minutes, papa devenait nerveux. Il mettait brusquement fin à la conversation et raccrochait.

Quand on me permettait de dire bonjour, c'était exceptionnel. Parfois, quand l'une de mes tantes était de passage à Paris. Ou si Doudou ou mes cousines (chez qui la discipline était un peu moins stricte), à la fin d'une conversation entre papa et son frère ou sa sœur, insistaient pour me parler. Je n'imaginais même pas pouvoir téléphoner à Jonas.

Les communications transfrontalières ou transcontinentales se faisaient par lettres. Paris-Casa pour mon frère et moi ou Paris-Budapest pour la marâtre. Le courrier était aussi rare que les coups de téléphone.

Alors, à part les dimanches où nous allions à Melun, je ne voyais pas Jonas, je ne lui parlais pas, je ne lui écrivais pas. J'en rêvais. Entre deux dimanches à la campagne, qu'il se soit écoulé une, deux ou trois semaines, et même plus, mon imagination s'enflammait. Jonas emplissait mes pensées. La marâtre me grondait, vitupérait, fulminait, mais moi, je n'entendais que le rire de Jonas. Les blagues de Jonas. Les citations de Jonas. Les trouvailles de Jonas.

Dès que je retournais à Melun, nous nous sautions au cou et nous courions nous cacher dans le verger. Nous nous racontions nos dernières découvertes encyclopédiques. Les mots qui nous avaient plu, les livres que nous avions lus.

Et puis, je lui parlais d'Amezrou, de Oualidia, des couleurs du Maroc. Lui, me relatait les exploits résistants de ses parents. Je crois qu'il inventait un peu. Moi, beaucoup.

Ces moments délicieux compensaient un peu l'ennui de l'intervalle. De la maison, où le rire était suspect, où les chansons ne sortaient que de la radio et où les seules conversations étaient les débats télévisés. Mes parents ne sortaient pas, ne recevaient pas. La vie y était monocorde, monotone. Métro, boulot, dodo avant la lettre.

Je ne sais pas à quel prix papa obtenait ses dimanches à la campagne, en moyenne un week-end sur trois, et les dîners chez oncle Sauveur et tante Olga ou chez oncle Serge et tante Léa plusieurs fois par an mais, chaque fois, elle les lui faisait payer.

Qu'il durât dix minutes pour traverser le pont d'Austerlitz, une demi-heure pour rentrer de Malakoff ou quelques heures pour revenir de Melun, le retour était toujours empoisonné par les critiques acerbes de la marâtre sur les uns et les autres. Spécialement les femmes. Spécialement celles qui étaient les plus proches de mon père. Elsa Chechane devait avoir les oreilles qui sifflaient non-stop. Seuls oncle Sauveur et Jo Chechane trouvaient grâce à ses yeux. Était-ce dû à leur personnalité de guerrier, à leur tendance à se poser en chef, à leur côté macho ou parce que tous les deux, beaux parleurs, savaient charmer les femmes, voyant en chacune une conquête possible ? Même la marâtre. Ce qui obscurcissait un peu plus le mystère masculin pour moi. Comment pouvaient-ils être attirés par cet iceberg à cravache ? Que mon père y ait succombé était déjà le comble de l'énigme, mais je mettais cela sur le compte de la douleur, de l'affolement, qui l'aurait fait tomber dans une sorte de piège. Par contre, pour oncle Sauveur et Jo, il fallait vraiment qu'ils le fassent exprès. Impardonnable. Alors, il suffisait d'avoir une paire de jambes fuselées et la taille fine pour qu'ils paradent tout charme dehors ? Finalement, Platon s'était trompé, les hommes n'étaient pas de banals bipèdes sans plumes ; c'était des paons. Je doute que tante Olga et Elsa aient vraiment apprécié l'ironie de la chose.

À la réflexion, je crois me souvenir qu'Elsa n'était pas du genre à attendre son homme au coin du feu. Elle aurait été plus encline à arpenter les routes de portage du Bouclier précambrien un canoë sur la tête que de se soucier des péronnelles qui auraient tenté de séduire son mari. Quant à tante Éva, ayant depuis longtemps perdu toutes ses illusions, elle cultivait la sérénité à coup de salutations au soleil et autres asanas pratiquées dans ses cours de yoga bien avant que ce ne soit la mode. Ni l'une ni l'autre n'étaient dupes.

25

Dans mon école de filles, je n'avais qu'une amie, Francine Dumont. Une vraie Française pur beurre. Catholique. Fille d'institutrice et de cheminot. Socialistes bien sûr. Mais un peu conservateurs quand même. Francine habitait au bout de ma rue. Nous avions été dans la même classe depuis mon retour d'Amezrou, quand la marâtre s'était mis en tête que je n'étais pas gauchère et que je devais sauter une classe. Déjà, elle était obsédée par le faire semblant. Pour elle, je faisais semblant de ne pas savoir écrire de la main droite (ce qui était faux) et je faisais semblant de ne pas savoir lire (ce qui était vrai). Elle, de son côté, faisait semblant d'être ma mère. Et d'aimer ça. Pendant des années, à cause de cette classe sautée, j'ai eu l'impression d'avoir des lacunes. Qu'on ne m'avait pas tout dit, pas tout appris, qu'on ne m'avait pas prévenue. Que tout le monde savait des choses que j'ignorais totalement. Et que je devrais faire semblant de savoir pendant le reste de mon existence.

À dix ans, je pensais, encore et malgré tout, que la vie était logique. Que chacun, à sa naissance, reçoit un mode d'emploi. Pour une raison quelconque, le mien avait dû être traduit du chinois par Internet. Il n'était pas très facile à comprendre. Ensuite, chacun construit sa vie comme un meuble Ikea, en râlant et en suant. Bon, d'accord, certains ne suent ni ne râlent, ils se font livrer les morceaux et payent quelqu'un pour les assembler à leur place. D'autres ont la chance de recevoir une vie en bois massif, simple et évidente, avec chevilles et mortaises, sans aucun besoin de montage. Pour ma part, à chaque tournant de la vie, je trouve des boulons dont je ne sais que faire et il y a toujours quelques vis qui manquent. Je reprends du début, je tourne le plan dans tous les sens et là, ce sont les vis qui sont de trop, alors qu'une ou deux charnières sont montées à l'envers. Je ne suis pas très douée pour le bricolage. C'est sans doute pour cela que mon frère Ludo me répète depuis que je suis née que je suis une crétine. Pas une simple crétine, une triple crétine. La crétinerie en personne. La mère de toutes les crétines. Mais certainement pas la fille. Car mon frère adore ma mère. Je ne sais pas pourquoi non plus, vu qu'il ne l'a guère connue. À peine plus que moi. Nous étions encore à l'école primaire quand elle a disparu sans crier gare ni aéroport, un très moche matin d'hiver où il pleuvait à ne pas mettre une mère dehors. On aurait dû faire plus attention. Ça nous aurait évité toutes ces années avec la marâtre.

J'avais donc été forcée d'écrire de la main droite et je m'étais retrouvée dans la classe supérieure où j'avais rencontré Francine.

Petite Française moyenne, bonne élève, aux cheveux auburn, yeux bruns, taches de rousseur et mignon petit nez. Fille unique choyée. Avec une grand-mère picarde, qui vivait à la campagne, et chez qui nous irions passer les vacances scolaires quelques années plus tard. Parcourant les chemins de traverse à bicyclette et rêvant de nous faire culbuter dans les champs par les garçons du village. «Comme un p'tit coquelicot mon âme, comme un p'tit coquelicot», disait la chanson. Au retour, la grand-mère nous ferait des œufs à l'oseille et de la soupe pour le dîner. Des œufs de ses poules et de l'oseille de son jardin. La vie saine de la campagne. Ça sent si bon la France !

En me couchant dans le grand lit de noyer, sous le crucifix en bronze avec Christ agonisant, je me demandais de quel côté elle avait été pendant la guerre, la grand-mère. Collabo ou résistante ? Avait-elle dénoncé des Juifs ou en avait-elle caché ? Je n'arrivais pas à la déchiffrer. Je n'étais pas sûre qu'elle approuvait totalement l'amitié de sa petite-fille.

Je l'avais rencontrée pour la première fois lors de la communion solennelle de Francine. Sa mère m'avait invitée au déjeuner familial du dimanche. Francine m'avait montré ses images pieuses, que je trouvais tellement jolies avec leurs dorures et leur fausse dentelle embossée, sa montre qui m'avait fait envie et son médaillon en or qu'elle ne quitterait plus. La grand-mère picarde m'avait alors demandé quand je ferais ma communion. Francine avait précipitamment répondu, en rougissant un peu sous sa coiffe immaculée, que j'avais un an de moins qu'elle puisque j'avais sauté une classe. Et j'avais ajouté, faussement naïve et un tantinet provocatrice, que j'étais juive. La grand-mère picarde n'avait pas bronché. Elle avait changé de sujet, mais sans gêne apparente.

M. Dumont, lui, avait été résistant, c'était sûr. Je voyais bien qu'il serrait les poings quand il écoutait les infos. Et puis, il avait un reste de colère au fond des yeux. J'étais certaine qu'il avait transporté des bâtons de dynamite dans sa musette pendant la guerre. Avait-il vu passer les trains plombés qui avaient suivi la rafle du Vél d'Hiv ? Celui de mon grand-père, par exemple ? Pourquoi n'avait-il pas dynamité les rails ? Je n'avais jamais osé le lui demander.

M. Dumont travaillait souvent la nuit. Parfois, il était à la maison quand nous rentrions de l'école. Timide, j'essayais de l'éviter. Quand je me trouvais nez à nez avec lui, je gardais obstinément les yeux fixés sur le bout de mes chaussures. Il devait penser, lui aussi, que j'étais débile.

À la fin de l'école primaire, il avait fallu choisir. Certificat d'études ou école secondaire. Mon père n'avait pas d'opinion. Il était allé travailler à douze ans et ne l'avait jamais regretté. Il me laissait décider. J'en avais le vertige. Mon voisin de palier, qui avait le même âge que Ludo, travaillait comme soudeur depuis deux ans déjà. Alors qu'on avait joué ensemble au Jardin des Plantes toute notre enfance, on ne se fréquentait plus. Il rentrait vers dix-neuf heures avec sa gamelle en fer-blanc, sa casquette bleue, le visage gris. Il semblait avoir vieilli subitement. Ludo le croisait parfois en rentrant de chez ses copains de lycée. Il semblait de dix ans son cadet. J'étais en pleine période Zola. Mon choix fut vite fait.

Depuis que nous allions au secondaire, je retrouvais Francine au bas de son immeuble et nous allions à pied jusqu'au Lycée Montaigne, qui accueillait filles et garçons jusqu'en troisième. Cela faisait une bonne demi-heure de marche, par la rue Monge, la rue Mouffetard, le Panthéon, le Luxembourg. Nous passions sans transition de notre quartier populaire, ouvrier, au quartier le plus intello-chic, le plus bobo de Paris.

Nos camarades de classe, d'ailleurs, ne s'y trompaient pas. Francine et moi n'étions pas invitées aux *boums*. Nous n'étions pas habillées à la mode. Nous n'allions pas au Racing Club. Nos mères ne se fréquentaient pas (Dieu merci !). Nos pères n'étaient ni médecins, ni avocats, ni écrivains, ni professeurs à la Sorbonne. Nous ne passions pas nos vacances de Noël à l'Alpe-d'Huez, ni celles de Pâques à Londres. Nous ne savions pas la différence entre le rock et la pop. Bref, nous étions une minorité très visible, mal fagotées, mal dégrossies, mal préparées pour ce choc culturel.

Mon retour du lycée était minuté par la marâtre. Si j'étais un tant soit peu en retard, avais-je bavardé quelques minutes de trop après la classe, regardé trop longtemps les voiliers voguer sur le bassin du Luxembourg, traîné le long des terrasses de la rue Mouffetard, continué la conversation avec Francine au bas de son immeuble, la marâtre me punissait, non sans m'avoir auparavant soupçonnée de toutes les délinquances de la terre. C'est que la mauvaise graine, on ne pouvait pas la laisser pousser à son gré. Sinon, on se retrouvait envahis par l'ivraie. Elle disait l'ivresse.

Très rarement, elle acceptait que je passe une heure ou deux chez Francine avant de rentrer. Il fallait invoquer un exposé commun, une recherche pour un devoir. Jamais elle n'acceptait que Francine vienne chez moi. D'ailleurs, je préférais. J'avais honte.

Les moments passés chez Francine étaient aussi exotiques qu'un séjour chez les Inuits. Mme Dumont était vive et cordiale, à l'écoute, toujours prête à aider. Quelque part entre la sombre et froide médiocrité de la marâtre et l'exubérance suffocante de tante Ranya. Une mère normale en quelque sorte. Française, catholique, posée, attentive. Francine répondait à sa mère sans se faire rabrouer. Elles plaisantaient même. Francine pouvait décorer sa chambre comme elle le voulait. Elle avait collé au mur les affiches de ses vedettes préférées. Elle ne se posait pas la question de savoir si elle était à sa place dans ce monde, si elle méritait ce qu'elle avait, si elle était comme il fallait, là où il fallait. Elle était, c'est tout.

Mᵐᵉ Dumont entrait à tout bout de champ dans la minuscule chambre de sa fille, après avoir frappé, et nous demandait ce que nous pensions de son nouveau corsage, ce que nous voulions pour goûter, si nous avions lu cet article ou ce livre, si nous aimions telle ou telle chanson. Je mesurais alors, comme une cruelle évidence, combien je vivais dans un autre monde. Aller chez Francine, c'était comme pénétrer dans un roman de Pagnol. Je savourais chaque instant.

J'accompagnais parfois Francine et sa mère dans les magasins du Quartier latin. S'acheter des chaussures ou un vêtement. À part au surplus américain de la rue Centrale, à Casa, où nous emmenait tante Ranya, je n'allais jamais acheter des vêtements dans un magasin. La mère de la marâtre me faisait des robes informes dans un tissu qui me grattait et je portais les pantalons et les pulls trop petits pour Ludo. Une fois par an, nous recevions un colis d'Amérique. Oncle Prosper et tante Zouina nous envoyaient les habits trop petits de leurs enfants. Malheureusement, la mode en France et celle en Amérique n'étaient pas encore au diapason. Parfois, ils envoyaient aussi un pot de beurre de cacahuète. Nous adorions ça. Sauf quand le pot s'était brisé et avait taché, pas de chance, la seule chemise que Ludo trouvait potable ou le gilet que la marâtre m'aurait laissé porter. Car, le plus souvent, nous recevions la plus jolie robe de Katherine Hepburn, le veston le plus sophistiqué de John Wayne, les meilleurs chemises, jupes, blouses, pantalons de Vivien Leigh ou de Humphrey Bogart. Ils ne les avaient portés qu'une ou deux fois, pour la danse de l'école ou lors d'une *Bat* ou *Bar Mitsvah* [1]. La marâtre les réservait pour une grande occasion, dans l'un des

1. Communion pour fille ou garçon dans la religion juive.

placards du débarras, et ils n'en ressortaient plus, jusqu'à ce que l'on reçoive le colis suivant. Ils étaient alors trop petits, et la marâtre les envoyait en Hongrie où l'on ne trouvait rien dans les magasins, à cause du régime communiste. La marâtre disait que sa sœur, ses nièces pourraient sans doute les échanger contre du beurre ou autres denrées de base. Chaque année, nous regardions disparaître dans le débarras les futurs saucissons de la famille hongroise de la marâtre. On riait. Le capitalisme prenait des chemins très détournés pour déjouer le communisme. C'était bien fait !

26

L es docteurs sont de retour. Ils consultent le dossier médical de Sacha. Continuent d'hésiter. Pas plus surdoué que moi, le Godot. Je me redresse sur mon lit. L'un d'eux se retourne et me fixe un instant. Ses yeux s'attardent sur mon pendentif, une étoile de David.

*

C'est au Lycée Montaigne que ma rébellion a pris une autre tournure. Je venais de rencontrer mon premier antisémite déclaré. Un camarade de classe. Ce fumiste de Péan, comme l'appelait notre prof de maths. Ce fumiste de Péan, Gilles de son petit nom, n'était pas très populaire dans la classe. Tout naturellement, il s'était mis à traîner avec Francine et moi pendant les récréations. Il aimait les Bee Gees et les Beach Boys. Nous en étions encore à Montand et Mouloudji. Il venait d'une grande famille bourgeoise quasi aristocrate et nous traitait avec un soupçon de mépris, suffisamment subtil pour ne pas nous repousser. Puisque nous étions son seul public, il fallait nous ménager. Nous étions même quelque peu flattées. Oies sauvages attirées par le plumage et le ramage d'un paon faisant la roue. Son statut d'exclu me le rendait sympathique, même si ses propos conservateurs et ses attitudes snobs me choquaient un peu. Il nous parlait de ses *rallyes* du week-end, des *tea party* de sa mère, des pulls en cachemire de son père. Francine et moi lui rétorquions soupe au chou, prêt-à-porter fibres synthétiques, manifs coco et cinéma de quartier. On en rajoutait un peu, histoire de se rendre plus intéressantes. Et puis, au détour d'une conversation, il a lâché, l'air de rien, comme pour voir si j'allais réagir, que les Juifs étaient tous des lâches et des sous-hommes. Je mangeais un pain au chocolat et faillis m'étouffer. Content de son effet, mais voulant ménager la chèvre et le cul de la fermière (ou, dans son cas, la théière en argent et le digne postérieur de sa cuisinière), il s'est empressé d'ajouter :

— Toi, c'est pas pareil, t'es une fille.

Je manquais d'air. Lui, pas trop. Je manquais aussi de mots. Je me suis tue. Me suis contentée de lui tourner le dos. Fumiste de Péan, con comme un paon, et moi bête comme une oie. Sauvage ou pas, et même blanche, si on voulait. J'ai serré les poings pour ne pas m'en servir, on m'avait bien élevée. Faisant volte-face, je lui ai demandé, exaspérée :

— Mais qui te dit que je suis Juive ?

Il a haussé les épaules. C'est tout ce que j'avais trouvé ?

— L'enfance de l'art, a-t-il dit.

— De l'art nazi ?

— Ne dramatise pas, c'est grossier.

— Parce qu'être antisémite, c'est raffiné peut-être ?

— Oui, certainement. Regarde Céline, Drieu La Rochelle…

Que répondre à cela ? Que mon père avait raison ? Que je le laissais avec plaisir à sa sophistication française, beurre-œufs-fromages et gants blancs, sans oublier son litre d'eau de Vichy pour mieux digérer ? Qu'il s'étouffe avec.

27

Les docteurs, que j'ai réussi à convaincre de mon réta-
blissement aussi prompt que mon malaise, acceptent de
m'enlever l'aiguille de la perfusion qui me brûle le dos de la
main. Soulagement immédiat. Le plus grand des deux, Godot
le surdoué, me regarde de nouveau avec insistance entre les
deux seins. Je pose ma main là où son regard me transperce.
Mes doigts rencontrent mon pendentif. Ce sont mes seins où
le médaillon qui l'intéressent ? Sacha gémit. Les docteurs se
remettent à discuter comme si je n'existais pas. Puis, ils se
retournent et me demandent comment je me sens. Comment je
me sens ?

*

Ridicule. Comme Thierry-la-Fronde dans son collant vert
pâle. Je dois l'avouer, j'aimais bêtement ce justicier d'opé-
rette, défendant veuves et orphelins avec plein de bons sentiments et d'aspirations nobles. Ludo le trouvait débile. Et bien
sûr, moi aussi, je l'étais. Tout le monde était débile, plus que
débile, débile à en mourir. Rétrospectivement, il n'avait pas
tort, pour la Fronde en tout cas.

À l'époque, nous ne tombions d'accord que lorsque nous
chantions à tue-tête à l'arrière de la 403 noire de mon père :
« On l'appelle Thierry-la-Fronde, le héros le plus con du
monde… » Quand, ô merveille, la marâtre était retournée chez
sa mère (pour la soirée seulement, hélas) après que mon père,

qu'elle avait mis hors de lui, lui avait tenu tête. Alors, il nous emmenait au restaurant. Tu te souviens, Ludo ?

Elle avait piqué une de ses innombrables crises de nerfs. Mais cette fois, elle était allée trop loin et mon père, chose rare, avait mis son pied à terre et même les deux, lui avait montré de quel bois on ne faisait pas les flûtes, qui portait le pantalon et qui portait les bas couture, bref il avait mis le haut-là et le bas-ici. Cela suffisait. Cela en était assez.

C'était généralement à cause de nous. On l'avait énervée pour une raison quelconque. Déplacé un objet de quelques centimètres, mal rincé le lavabo, oublié de chausser les charentaises, taché notre chemise, répondu avec, disait-elle, de l'insolence dans le regard, refusé de baisser les yeux, prononcé un mot qu'elle ne comprenait pas, bref nous avions commis un crime de lèse-marâtre. Alors, elle s'était mise dans une rage folle, avait juré qu'elle en avait assez de ces morveux ingrats, de ces petits sacripants de bénitier, de ces têtes à claques enflées, de cette Madone à la sainte nitouche à qui on donnerait le bon Dieu sans la moindre *concession* et de ce Petit Péteux Prétentieux fier comme un *petit banc*, qui ne se lavait jamais derrière les oreilles mais qui voulait lui apprendre, à elle, oui à elle, qui était née en France pas comme notre Maman-Massouda-qu'il-ne-fallait-pas-oublier, comment parler français correctement. Qu'on allait bien voir quand notre père allait rentrer, qu'il nous sonnerait les cloches fêlées. Il n'était alors plus question d'ulcère ravageur, de bronches fragiles ni de tension dévastatrice. Qu'elle nous gardait un chien de sa chienne, et vu qu'elle n'aimait pas les animaux, c'était tout dire. Qu'on nous enverrait en pension, ça ferait pas long feu ni flamme. Qu'on verrait bien qui se donnerait le dernier mot, rira bien qui ne rira plus du tout.

Papa rentrait enfin, et pour une fois, il était là et bien là. Ils s'enfermaient dans leur chambre et l'on entendait ses cris. À elle. Papa ne montait pas le ton. On croyait l'entendre répéter calmement, mais fermement, non ils n'iront pas en pension. Finalement, l'argument choc et fatal arrivait :

— C'est moi ou eux !

— Ce sont eux, répondait papa à mi-voix mais toujours soucieux d'une syntaxe impeccable, vieux reste de complexe d'émigré.

Nous déguerpissions alors dans notre chambre, sentant la sortie proche. En effet, elle quittait l'appartement au pas de course. Claquant la porte au passage. Elle connaissait ses classiques. Papa entrait alors dans notre chambre, vaguement piteux, faussement joyeux :

— Que diriez-vous d'une petite choucroute chez Jenny ?

28

« Vivre sans tendresse, on ne le pourrait pas », chantait Marie Laforêt. Ah, non ? Eh bien, elle n'avait qu'à venir au quinze de la rue Buffon, au fond de la cour escalier B, premier étage, porte gauche, pour constater qu'on le pouvait très bien. Enfin, très bien. Façon de parler. Mais on le pouvait…

Si, toutefois, je survivais à ma dernière humiliation. J'avais onze ans et ma vie était foutue. La veille, Jonas m'avait avoué en rougissant qu'il était amoureux de sa voisine de palier. Une gazelle aux jambes infinies et aux longues tresses blondes. J'avais une soudaine envie de ciseaux. De rasoir même.

— Je parie qu'elle est goy…

— Mais pas du tout ! Elle s'appelle Lévy.

Depuis que ce fumiste de Péan m'avait dévoilé son antisémitisme sexiste, bien que littéraire et raffiné, j'étais devenue prosémite primaire à tendance amalgame. Je cultivais l'accent marocain des petites bonnes de tante Ranya. Je scandais toutes les phrases en frappant dans mes mains, doigts écartés, sur un rythme quasi berbère tout en agitant les épaules et ondulant des hanches. Je parsemais toutes mes phrases des quelques mots d'arabe que je possédais. Je portais nuit et jour le médaillon en forme d'étoile de David que j'avais reçu à ma naissance et je n'évitais pas un seul cliché. Bref, ne connaissant rien du judaïsme et désireuse d'éviter à tout prix ce qui pourrait rappeler de près ou de loin les origines de la marâtre, j'avais adopté le folklore séfarade. Je m'étais mise à dévorer les livres d'Albert Cohen. Dans *Le livre de ma mère*, j'étais tombée sur la phrase : « Les fils ne savent pas que leurs mères sont mortelles. » Peut-être, mais les filles (en tout cas moi) ne le savent que trop bien.

La confidence de Jonas m'avait bouleversée presque autant que la crétinerie de Gilles Péan. Amoureux d'une Lévy ! Et moi, alors ?

Il n'était pas question de courir me faire consoler dans les bras de Doudou. J'avais finalement découvert le tabou attaché au cou de l'amour entre cousins. Oui, bon d'accord, je n'avais pas été spécialement précoce sur ce coup-là, mais il n'y a pas pire sourde que celle qui parle aux murs.

— Surtout quand elle a prêté l'oreille à son cousin, ajoute Jonas en rigolant, et qu'il ne la lui a pas rendue.

— Ça va, Jonas, tu te crois drôle ?

Surtout un cousin comme Doudou, un double cousin, un presque frère. Depuis, je l'évitais un brin. Je trouvais un peu trop compliquée la navigation en eaux troubles. En plus, avec une lourde pierre attachée au cou. Ne sachant pas décoder mes propres sentiments, je les fuyais en bloc. J'avais commencé à l'appeler Doudoune, histoire de transférer sur son nom la sensualité de nos câlins passés et par dérision, pour le dépouiller de toute séduction.

Donc, pas question de Doudoune. Plus de Jonas. Péan, fini. Julien, trop loin. Ludo, à éviter. Simon, indifférent. Mon père, absent comme d'hab. Côté mâles réconfortants, il n'y avait pas foule. Côté figures maternelles, oublions ça.

29

Dans la 403 noire de mon père, nous allions dîner chez tante Olga et oncle Sauveur, chacun occupé à son propre compte. Ludo plongé jusqu'aux yeux dans un manuel de physique quantique, moi dans la lune comparant la lumière des étoiles à celle des réverbères, la marâtre échafaudant ses futurs mauvais coups et mon père calculant sa fuite. Bref, une joyeuse voiturée traversait le pont d'Austerlitz dans la bonne humeur et la volupté. Arrivée chez tante Olga, je me suis glissée discrètement dans la chambre de Simon.

Généralement, on ne se parlait pas, Simon et moi. Il avait l'habitude de m'ignorer. Ça m'arrangeait. Plutôt appliqué à affronter son père, à le mettre hors de lui, à le provoquer en espérant l'impressionner. Et puis à torturer Doudou. À rivaliser avec Ludo. À se faire accepter par sa mère. Et à mépriser le reste de l'univers. Avec une colère, une rage, une violence, qu'il a réussi beaucoup plus tard à canaliser dans les affaires, où il accomplit des merveilles. Mais pour l'instant, il était plutôt le *trouble-maker* de service, comme moi j'étais le vilain petit canard. Nous tenions chacun notre rôle avec application.

Les marginaux ayant tendance à se rapprocher, on semblait tout à coup avoir atteint un point tournant. Les alliances changeaient. Ludo et Doudou, tous les deux ados, parlaient mode, filles, pop ou rock — Beatles contre Rolling Stones — en grattant leurs guitares. Simon et moi continuions à ne parler de rien.

Il ratait pour la seconde fois son bac, je commençais à l'admirer. Première de classe par force et cancre par nature, j'étais impressionnée par son audace. Cela faisait quatre fois qu'il se faisait renvoyer d'un lycée, y compris une ou deux pensions pour gosses de riches où oncle Sauveur avait cru nécessaire de l'inscrire puisqu'il venait de faire plusieurs bonnes affaires dans l'immobilier — les pierres se révélant finalement plus rentables que les moyens de locomotion. Comme quoi les nomades finissent toujours par se sédentariser.

Je voyais en Simon une sorte de révolté romantique, de héros littéraire, de poète anarchiste. Un mélange de Rimbaud, de Bakounine et de Kerouac. S'il l'avait su, il aurait beaucoup ri. Lui qui affichait un dédain souverain pour tout ce qui touchait à la littérature ou à toute autre forme de culture. Lui qui disait que le but de la vie était de gagner. Et que, contrairement à ce que clamait Pierre de Coubertin, l'important n'était pas de participer. C'était de triompher. À n'importe quel prix et par n'importe quel moyen.

En fait, Simon ne supportait pas Paris. D'avoir quitté d'abord Amezrou, puis Casa. D'avoir perdu ses errances en liberté, ses copains au verbe coloré, l'humour dévastateur de sa bande, l'air de la mer qui salait tout, la sensualité des jardins. Tout ce qui était à Paris terne et gris, tout ce qu'on lui reprochait d'être, trop bruyant, trop voyant, d'avoir trop d'appétit pour tout et puis d'exagérer, d'embellir la vérité, bref d'aimer trop la vie. Simon ne supportait pas l'indifférence de son père, la dureté de sa mère, à moins que ce ne soit le contraire. Simon était jaloux de la grâce de Doudou, qui semblait s'acclimater à tout et être sympathique à tous. Simon voulait être aimé, ça se voyait comme le nez au milieu de sa figure basanée. Apparemment, j'étais la seule voyante de la famille. Simon voulait être accepté, ça sautait aux yeux comme ses iris noirs au milieu de tous les bleus (côté slave) et verts (côté berbère) de notre famille. Apparemment, j'étais la seule à ne pas être daltonienne.

Lui, était le seul à avoir les yeux noirs. L'autre exception étant tante Ranya avec ses yeux jaunes comme l'or des soirs d'automne. Ça voulait sûrement dire quelque chose. Mais quoi ? Moi, je n'aurais été différente de personne si ma mère n'était pas morte. J'avais les cheveux bouclés et les yeux verts comme tout le monde. J'aurais même peut-être été docile et bien propre sur moi.

Il était donc un grand cygne noir, troublion par circonstances, et moi un vilain petit canard par accident, qui ne deviendrait jamais qu'un cygne blanc ordinaire. Et encore, avec un peu de chance.

En attendant, je me glissai discrètement dans la chambre de Simon. Pour une fois, il m'a remarquée.

— Tu veux faire quoi plus tard ?

— Avant, je voulais être gardienne du musée du Louvre, mais maintenant j'aimerais mieux être avocate pour enfants. Et toi ?

— Moi aussi, avocat, mais pas pour enfants, pour affaires !

Simon me faisait rire.

— Avec ton intelligence et mes relations, on aura un cabinet du tonnerre ! Qui mieux que nous ? On sera les rois du pétrole !

Je pouvais maintenant dormir tranquille, j'avais onze ans et mon avenir était assuré. En tout cas, j'en avais un. Et bien meilleur que goûteuse de cornichons dans l'usine d'oncle Salomon.

Mais aussitôt la peur m'a prise. Il me croyait intelligente. Ça allait être dur de ne pas le décevoir. N'avait-il donc jamais entendu Ludo me traiter cent fois, mille fois, des millions de fois, de pauvre gourde. La gourde personnifiée. La gourde de toutes les gourdes. Une énorme gourde. Tellement énorme que je n'étais même plus une gourde mais une calebasse. Que dis-je, une calebasse ? Un bidon, une citerne. Et n'avait-il pas entendu la marâtre crier sur tous les toits que j'étais une incapable ? À se demander quel chat de gouttière il restait à convaincre dans la ville de Paris. Simon a chassé tout cela du revers de la main.

— Des conneries tout ça ! On va les enfoncer, je te dis ! Les en-fon-cer !

À table, ce soir-là, les adultes se sont mis à parler du beau jeune président américain qui plaisait tant à la marâtre. Elle avait les yeux rouges et ne disait pas un mot. Mon père, très calmement, a traité les Américains d'arriérés. De racistes. De capitalistes incultes. En détachant les mots. Oncle Sauveur s'est mis à crier que mon père était un ingrat. Mon père lui a demandé, toujours aussi paisiblement, *qui* avait renvoyé aux mains des nazis le *Saint-Louis*, paquebot plein de réfugiés juifs fuyant l'Allemagne, et *qui* avait encore des lois de ségrégation raciale en plein milieu du XXe siècle ? Et *qui* avait tué celui qui voulait changer les choses ? Oncle Sauveur a recommencé à crier, mais plus fort au cas où on ne l'aurait pas bien entendu la première fois, que mon père était un ingrat et, a-t-il ajouté, un naïf. Mon père a remercié tante Olga pour le repas, a dit bonsoir à oncle Sauveur sur le ton de tout va très bien madame la marquise et a retraversé le pont dans sa 403 avec sa famille muette et totalement immobile à l'intérieur.

— On aurait pu entendre une *moule* voler, a raconté plus tard la marâtre à sa mère.

30

Les docteurs sont sortis sans que je ne m'en sois aperçue. Sacha a sombré de nouveau dans un sommeil serein. Je les rattrape dans le couloir. Alors, qu'est-ce qu'il a, mon fiston ? Ils sont perplexes. Mais s'empressent d'ajouter que les plus grands dangers sont écartés. Les tests sont négatifs. Il ne semble pas souffrir de quelque chose de connu ou alors c'est une maladie très rare. Mais le plus grand danger ne réside-t-il pas dans l'inconnu ?

*

Il avait fallu lutter contre le non-dit. L'ignorance est un précipice sans fond. On en remonte rarement indemne. Toutes ces années, ne sachant pas exactement comment elle était morte, j'ai imaginé le retour de ma mère.

En rentrant d'Amezrou, j'avais vu à la télé un film américain de série B où l'héroïne meurt dans un accident d'avion, pour réapparaître dans la vie de sa famille quelques années plus tard. Elle avait survécu miraculeusement (et incognito) à l'accident. Entre-temps, son mari avait refait sa vie. Elle arrivait comme ça, impeccable dans sa robe bleue des années cinquante, avec son petit col rond, ses gants et son chapeau, ses bas couture et ses escarpins bien cirés. Dans le jardin familial d'une maison apparemment californienne, ses enfants jouaient dans la piscine. Ils se précipitaient hors de l'eau : « Maman ! »

Je ne sais rien de la suite du film. Je ne crois pas l'avoir regardée. Seule cette scène m'importait. Je me la repassais en boucle, le soir dans mon lit.

L'enfance est une écharde dans le pied. Elle vous fait souffrir à chaque pas. Si elle remonte dans une veine jusqu'au cœur, elle vous tue. Que l'on ne me parle pas du paradis de l'enfance, qu'il soit vert, parfumé ou innocent. Et que ceux qui disent qu'il faut préserver l'enfant en soi aillent en enfer voir si j'y suis encore. Dès que j'ai pu me débarrasser de l'enfant en moi, je l'ai abandonné au bord de l'autoroute comme un chien au mois d'août. J'avais à peine cinq ans.

Ludo a sans doute raison, elle était morte sur une route de Bretagne.

— Ah ! Tu vois ! Tu sais bien que j'ai toujours raison de toute façon.

Et peut-être que tante Ranya a aussi raison : elle y avait rejoint son amant.

— Là, t'exagères !

Papa, lui, était au téléphone avec un détective privé.

— N'importe quoi ! T'inventes encore.

Il lui racontait qu'elle venait de quitter, sous la pluie, l'hôtel des Embruns, à Saint-Malo, Saint-Brieuc ou Saint-Pol-de-Léon.

Oui, Ludo, j'invente, tu as TOUJOURS raison !

Elle semblait troublée, était restée dans sa voiture garée sur les remparts, pendant une bonne demi-heure avant de démarrer.

Tais-toi, Ludo ! Je sais !

Elle avait repris la route de Paris. Le détective avait des photos d'eux marchant sur la plage, main dans la main, dînant dans une crêperie aux chandelles, rentrant à l'hôtel à la nuit tombée. Il les lui apporterait le lendemain.

Et puis le téléphone a encore sonné. Papa n'a pas voulu répondre. Il était effondré. À bout de nerfs, il a finalement répondu au troisième appel. C'étaient les gendarmes. Ils allaient directement à l'hôpital. La Pitié-Salpêtrière. Mon père a enfilé son manteau. Il a ouvert la porte. Ludo, que le téléphone avait réveillé, a couru après lui.

— Où tu vas, papa ?

— Va te recoucher. Je reviens tout de suite.

— Mais où tu vas ?

Mon père a pris Ludo dans ses bras. L'a porté dans son lit. L'a bordé. Lui a parlé doucement pour ne pas me réveiller. Lui a dit de dormir. Que tout irait bien. Il a jeté un œil sur moi.

Quelques mois plus tard, tante Ranya était là pour nous emmener au Maroc. Elle avait fait nos valises. Elle ne répondait rien quand on demandait où il était, notre papa, et quand est-ce qu'elle rentrait de voyage, notre maman. Elle parlait sans arrêt, mais ne répondait à aucune de nos questions. Elle m'avait emmenée à Amezrou et avait ramené Ludo à Casa. Ils croyaient bien faire sans doute. Je ne leur en veux pas. Ce jour-là, je me suis juste juré de ne jamais cesser de poser des questions. J'ai vite appris à les poser en silence. Et à m'inventer les réponses.

31

Le danger ne réside-t-il pas dans l'inconnu ? Les docteurs ne comprennent pas ma question. Ils m'expliquent encore une fois que les tests sont négatifs. Que Sacha n'a aucune maladie connue. Ou alors extrêmement rare. Ou alors il s'agit d'un virus. Ou alors il a l'appendicite. Ou alors on jouerait aux devinettes. On achèterait des pochettes-surprises et l'on en tirerait des diplômes de médecine. Godot le surdoué me dit qu'ils vont procéder à un ou deux autres examens. Et qu'il y en a d'autres qu'ils peuvent faire, selon l'évolution. Ben voyons, ne vous gênez surtout pas. Effectuez tous les examens que vous voulez. On est là pour ça, hein. L'autre docteur, le petit, me demande si je suis en état de rentrer chez moi. Je leur dis qu'ils ont perdu la tête, il n'est pas question que je laisse Sacha tout seul. Ils se décident à partir. Le grand Godot se ravise. Il revient sur ses pas pour me demander d'où vient ma famille.

*

La Loire prend sa source au mont Gerbier-de-Jonc.

C'est ce que Mme Rousseau, la maîtresse, inscrivait au tableau quand la directrice de l'école est entrée dans ma classe et m'a emmenée dans son bureau. Tante Ranya m'y attendait avec Ludo. On partait en voyage. Nous sommes passés à la maison, qui était à côté, et nous avons pris les valises qui étaient déjà prêtes.

Un taxi nous a emmenés à l'aéroport. Je n'étais jamais montée dans un taxi. Regarder les chiffres qui changeaient au compteur m'a distraite jusqu'au moment d'arriver à l'aéroport. Et puis toutes les formalités, jusqu'au départ de l'avion. À peine ma ceinture bouclée, j'ai commencé à poser mes questions. Pourquoi était-on parti sans dire au revoir à papa ? Quand est-ce qu'on le reverrait ? Quand reviendrait maman ? Combien de temps partait-on ? Et surtout pourquoi ? On était au milieu de l'année scolaire. C'était inespéré et inquiétant à la fois. Tante Ranya répondait obstinément à contresens. On allait voir toute la famille à Amezrou. Nos cousins nous attendaient avec impatience. Et puis grand-mère et tante Kenza avaient préparé toutes sortes de gâteries pour nous. On allait adorer aller à l'école à Zagora avec nos cousins. Elle était formidable, l'école. La même que celle de ma mère et de tous ses frères et sœurs. Le maître aussi était toujours le même. M. Taïeb. Sévère mais juste. On allait beaucoup l'aimer aussi. Ce serait formidable. Et puis on pourrait aller cueillir les dattes dans la palmeraie de grand-père. Le mercredi, c'était le jour de la cueillette et de la coupe des cheveux. Et le jeudi, on allait au souk de Zagora. Les étals à même le sol regorgeaient de trésors. Au souk, on marchanderait avec les Berbères et l'on boirait du thé à la menthe. On pourrait aussi monter les chameaux. Et camper dans le désert avec les nomades. Ce serait plus que formidable. Qui mieux que nous ? On serait les rois du pétrole ! Tout cela était tentant, bien sûr. Mais je ne m'y attardais pas, reprenant mes questions. Aussi têtue que tante Ranya.

— Quand est-ce que maman viendra ? Et papa ?

Je les ai répétées inlassablement, ces deux questions, pendant les trois heures de vol. Chaque fois que tante Ranya reprenait sa respiration entre deux litanies des choses formidables qui nous attendaient, je répétais :

— Quand est-ce qu'elle viendra, maman ? Et papa ?

Jusqu'à ce que Ludo, excédé, me donne un coup de coude dans les côtes en m'ordonnant d'arrêter espèce de gourde.

— C'est vrai, quoi, c'était fatigant à la fin, confirme Ludo.

N'ayant rien voulu remarquer, tante Ranya continuait à parler toute seule, histoire de faire taire sa douleur, pendant tout le reste du voyage, passage de la douane et trajet en voiture jusqu'au village de ma grand-mère compris. Je me vengeais sur mon pouce, n'ouvrant plus la bouche jusqu'à Amezrou, sauf pour l'y enfourner.

Nous étions arrivés au milieu de la nuit. Oncle Sauveur et tante Olga étaient là, au seuil de la maison ocre de ma grand-mère. Je dormais. Mon oncle m'a portée dans un lit sans me réveiller.

Ludo a refusé de descendre de la voiture. Il voulait rester avec tante Ranya. Il voulait rentrer à Casa avec elle. Lasse, tante Ranya avait cédé. Ils étaient repartis dans la nuit. Tawari au volant de la belle Jaguar de tante Ranya. Tawari était le descendant d'esclaves africains d'un riche caïd du Rif. Il avait un sourire éclatant, avec les deux dents de devant en or. Malgré la tyrannie et l'hystérie de tante Ranya, il est resté son cuisinier, son chauffeur, son homme de confiance jusqu'à sa mort.

C'est vers lui que je me tournais quand rien n'allait, plus tard, au cours des vacances qu'on passait chez tante Ranya. Quand elle me disait, la bouche pleine de miel, que j'étais comme sa fille, alors que je voyais bien la différence, et que la honte m'habillait de piquants. Il éclatait alors d'un rire tonitruant, répétant que la vie n'était qu'un mauvais moment à passer. Tawari, mon premier philosophe, avec sa tête en boîte de Banania.

Il m'avait dit un jour, en confidence, qu'il avait servi de modèle pour l'affiche. J'avais ouvert des grands yeux d'admiration. Ludo se tordait de rire dans mon dos. Il en rit encore. Si je détestais le chocolat chaud (autant que le café au lait), je me sentais par contre rassurée par le sourire du tirailleur sénégalais, peint sur la boîte de cacao en poudre, coiffé de son fez rouge, et goûtant avec une mimique de délectation sa concoction chocolatée. C'est à moi, et à moi seule, qu'il clignait de l'œil en clamant son merveilleux « Y'a bon Banania ! » C'était mon ami, c'était Tawari. Même rentrée à Paris. Vas-y, Ludo, ris.

32

D'où vient ma famille ? Dr Godot le surdoué me rattrape dans ses bras, juste au moment où j'allais m'écrouler par terre. En m'écrasant le nez sur l'insigne accroché à sa blouse, j'ai le temps de lire son nom : Dr Meyer. Il dit à l'infirmière dont je ne distingue pas le patronyme (où sont donc passées mes lunettes ?) de l'aider à me porter sur le lit près de celui de Sacha. Je m'allonge en murmurant que je suis désolée, je ne sais pas ce qu'il m'arrive. Dr Meyer et son petit copain se regardent et me confient qu'en principe ils devraient me transférer au service des adultes, mais qu'ils vont me garder ici, avec Sacha. C'est trop gentil, merci.

*

Je n'avais pas eu besoin d'explications pour comprendre l'énorme distance que le *comme*, dans le *tu es comme ma fille* de tante Ranya, installait entre Émilie et moi. Bien plus que nos dix ans de différence.

Je ne pouvais pas l'approcher, je l'aurais salie. Elle était bichonnée, pomponnée et harnachée comme une petite princesse. Leila, une jeune liane berbère à peine plus vieille que moi, était exclusivement à son service. Elle s'assurait que sa robe était toujours immaculée, ses cheveux joliment attachés par un ruban assorti, ses chaussures bien brillantes.

Émilie savait à peine parler qu'elle hurlait déjà Leilaaaaaa ! avec le *a* final ascendant, grimpant inexorablement vers le toujours plus aigu, jusqu'au perçage de tympan, à la manière de sa mère, qui faisait ses vocalises quotidiennes en appelant à son secours immédiat Fatimaaaaa, Tawariiii, Mohameeeed, Radijaaaa !

Ces trilles de prima donna échevelée, qu'elle poussait pour un oui ou pour un non, me terrorisaient. Je me bouchais les oreilles des deux index pour atténuer ces coups de couteau. On assassinait sauvagement mon sens de l'harmonie et du respect.

Mais cela n'avait aucune importance pour personne. J'étais un éléphant malodorant dans la maison de porcelaine parfumée de tante Ranya. Leila ne s'y trompait pas. Son Émilie était une intouchable, en sens inverse de l'opprobre réservé à la caste indienne. Pachyderme silencieux au milieu de mainates tapageurs, je ne pouvais passer inaperçue. Ludo s'était positionné en zoologue. Casque sur la tête et jumelles en bandoulière, il observait qui, du mammouth ou des perruches, aurait le dessus.

Mon oncle Salomon, les yeux rieurs, l'esprit ailleurs, rentrait de son usine de cornichons, précédé du parfum vinaigré et anisé qui l'enveloppait constamment, posait un baiser distrait sur les cheveux de sa fille, de sa femme, de son neveu et de sa nièce sans marquer aucune différence dans son indifférence, s'installait dans son fauteuil à l'ombre des bougainvilliers et ouvrait son journal en attendant le dîner. Alors le zoo disparaissait. Les volatiles se calmaient après avoir ébouriffé leurs plumes pour séduire mon oncle. L'éléphant redevenait une petite souris qui allait se terrer dans son trou. Le zoologue, tenant enfin un interlocuteur sérieux, s'installait dans le fauteuil d'à côté en réclamant la page scientifique.

33

Dr Meyer et Dr Forsythe se penchent au-dessus de mon lit comme des marraines bienveillantes. Je lis distinctement leurs plaques nominales sur leurs blouses. Pédiatres. Ça tombe vraiment bien. Ce soir, j'ai mal à l'enfance.

*

Je poussais comme un palmier sans palmes. Longue et maigre. Plate comme les plaines de la Saskatchewan. Ma coupe au bol ajoutait à mon aspect garçon manqué. Je me rêvais féminine, sensuelle, mais je n'arrivais qu'à faire éclater de rire Tawari quand, essayant d'imiter la danse de Fatima, je me déhanchais, le poids du corps sur le pied gauche, le pied droit en avant, le buste penché en arrière, les mains derrière la nuque, pauvre hareng suroxygéné cherchant désespérément l'eau et frétillant sur le pont d'un bateau de pêche. À Oualidia, autour du feu de camp, le soir, nous chantions les chansons des quatre B — Brel, Brassens, Barbara et Bobby Lapointe — avec Suzy et ma cousine Lucie, qui nous accompagnait quelquefois à la guitare. J'aurais aimé séduire Julien, mais je ne savais pas comment m'y prendre. Il était bien trop spirituel. Et sophistiqué. Et bien dans sa peau. Ludo avait raison, je n'étais qu'une gourde. Empêtrée de gêne. Transpirant de malaise. Puant d'embarras. Et puis, il s'intéressait aux filles Bensoussan. Les trois à la fois. Tout comme Ludo, Doudou, Simon et les autres garçons de la bande. J'étais battue d'avance. La famille Bensoussan passait l'été dans un cabanon au bout de la lagune, près de la Passe. À marée haute, les filles apparaissaient après le dîner, à bord du petit bateau que pilotait l'aînée. À marée basse, elles venaient à pied. Trois amazones en bikini, un gilet de laine ouvert sur leur nombril parfait. Cheveux longs, chevilles fines, seins déjà ronds, peau impeccablement tannée par le soleil. Que faire contre ça ? Je repliais mes jambes contre mon torse plat, les entourais de mes bras, en tirant sur mon chandail pour me cacher le plus possible. Appuyant mon menton sur mes genoux, j'entonnais, avec ma cousine Lucie, la chanson de Barbara : « Dis, mais quand reviendras-tu ? Dis, au moins le sais-tu, que tout le temps qui passe ne se rattrape guère, que tout le temps perdu ne se rattrape plus ? » Histoire de cultiver le misérabilisme avec un peu plus d'ardeur.

Suzy parlait politique. Émilie tapait du pied en réclamant que l'on s'intéressât à elle. Je demandais sournoisement à Leila pourquoi elle n'était pas encore couchée. Leila me fusillait du regard, prenait Émilie dans ses bras et retournait à contrecœur au cabanon de tante Ranya, accompagnée des hurlements de protestation d'Émilie. Ma cousine Lucie grattait sa guitare en chantant des chansons de plus en plus mélancoliques. Suzy continuait de parler politique. Les garçons montaient sur leurs ergots et paradaient devant les filles Bensoussan, qui ricanaient bêtement, comme seules les jolies filles savent le faire devant la valse de séduction d'ados boutonneux et peu sûrs d'eux. Ils redressaient leur crête, poussaient des cocoricos tonitruants, bref essayaient de les impressionner. J'observais. Dépitée. Curieuse aussi. Découvrir le secret. L'œil des adultes s'allumait d'un éclair lascif. Cela me dégoûtait un peu.

Suzy parlait toujours de politique. Elle avait le même âge que Simon, sauf qu'elle, elle était déjà en fac. Ben Bella, Bourguiba, Ben Barka. Je mélangeais tout. La guerre du Viêt-Nam qui commençait. Avant, on disait Indochine. Et comme si Dien Bien Phû n'avait pas suffi, on remettait ça. Et les Américains, comme s'ils avaient besoin de plus de problèmes ! Avec leur ségrégation et l'assassinat de Malcolm Z.

— Mais non, me reprenait Suzy doucement, pas Z, X. Comme la croix que les anciens esclaves mettaient pour signer quand ils ne savaient pas écrire.

Simon, se désintéressant brusquement de l'aînée Bensoussan, qu'il avait pourtant réussi à prendre dans ses filets, se tournait vers Suzy et lui lançait que les Américains, on était tous bien contents quand ils étaient venus nous libérer en 1944 et qu'on serait tous nés sous le joug allemand s'ils n'avaient pas débarqué avec leurs bas nylon, leurs chewing-gums et leurs cigarettes filtre. Suzy lui rétorquait que ce n'était pas parce que son père, oncle Sauveur, avait rejoint le général de Gaulle à Londres et avait défilé avec la division Leclerc sur les Champs-Élysées, qu'il devait automatiquement prendre le parti des Américains, même quand ils faisaient des conneries. Didouam Didi Didouam Dididou.

Simon et Suzy aimaient se disputer. Rivalité, désir, morgue. Trouvant rarement un interlocuteur de poids, constamment dans la provocation, avec son désir fulgurant de gagner et de plaire à tout prix, Simon adorait Suzy. Elle le trouvait primaire, frustre, un peu goujat, mais tellement drôle. Jamais ni l'un ni l'autre ne l'auraient reconnu.

La fille Bensoussan, petit insecte englué dans la toile d'araignée tissée par les plaisanteries et la gouaille de Simon, attendait patiemment qu'il daigne la regarder de nouveau. Pathétique, me disais-je, en me félicitant de n'avoir pas encore été piégée. Mais pour combien de temps ? De toute façon, Julien ne m'accordait pas plus d'attention qu'à Émilie. Les seins de la plus jeune Bensoussan, à peine éclos, étaient bien plus tentants.

Certaines nuits du mois d'août, des nuits de pleine lune, les adultes nous annonçaient que l'eau était phosphorescente. On descendait alors tous à la plage, on entrait dans l'eau tiède et l'on s'éclaboussait en projetant mille perles lumineuses. Joseph Bitoune nous expliquait que c'était le plancton qui produisait ce phénomène magique. On l'écoutait à peine, sauf Ludo qui, espérant émouvoir les filles Bensoussan, faisait remarquer que ce plancton s'appelait *Noctiluca scintillans* et qu'il possédait la propriété d'émettre de la lumière à cause de la différence de pression de je ne sais plus quoi entraînant une déformation de quelque chose. Curieusement, cela les laissait de glace.

On courait dans l'eau lumineuse, créant des gerbes étincelantes. On se poursuivait. On sautait. On plongeait. Chaque fois en allumant des milliers de minuscules ampoules. Quand on était fatigués de parler, de chanter, de se régaler, de baratiner, d'être captivés, de se rendre importants, de se sentir minables, on s'allongeait sur la terrasse. On guettait les étoiles filantes en faisant des vœux. On s'endormait les uns contre les autres dans la tiédeur de la nuit. Certains plus contre d'autres que les autres.

Le lendemain, le soleil nous réveillait tôt. Toute la bande des enfants de la lagune — Leila, Émilie et moi en queue ; Suzy, Lucie et Simon en tête — allait ramasser des moules sur les rochers de la Passe. En chemin, on s'arrêtait à la plage aux Coquillages, pour glaner quelques trésors nacrés. On s'extasiait sur les couleurs, le velouté, les formes délicates. On dépassait les rochers aux Geysers, qui jaillissaient toutes les quelques minutes. Les plus hardis sautaient de rocher en rocher en essayant de les éviter. Il faut bien mourir de quelque chose. On dévalait les grandes dunes de sable brûlant en riant. On s'enfonçait dans les cavernes sombres, dont les plus grands connaissaient toutes les issues et tous les noms, la Boîte aux lettres, la Fontaine, Lascaut, le Salon...

Comme j'avais peur de rester coincée dans une cheminée, je suivais Leila qui, prétextant qu'Émilie avait peur du noir, prenait le chemin du sommet de la Passe pour rejoindre les autres aux rochers à Moules, de l'autre côté, sur l'océan ouvert, sur le large. Simon et Ludo nous passaient des oursins qu'ils venaient d'ouvrir avec leurs opinels. Nous dégustions la chair corail et buvions l'eau de mer mêlée au jus du crustacé. C'était divin. Il fallait juste faire attention à ne pas s'enfoncer des aiguilles d'oursin dans les doigts.

Les adultes nous rejoignaient. Joseph et Mouchette Bitoune, oncle Salomon et tante Ranya, oncle Sauveur et tante Olga, les frères Attal et leurs dobermans, les Bensoussan et les autres. Ils avaient traversé la lagune en bateau et proposaient de nous ramener. Dans les bateaux, on chantait : « La maman des poissons, elle a l'œil tout rond. On ne la voit jamais froncer les sourcils. Ses petits l'aiment bien, elle est bien gentille. Et moi je l'aime bien avec du citron. » Ça nous faisait beaucoup rire. Je riais un peu jaune, mais je riais quand même. À la liberté. À la parenthèse de bonheur et de découvertes que tante Ranya nous offrait. À Oualidia, ce paradis perdu.

Aujourd'hui, des dizaines de villas s'entassent autour de la lagune, des centres de vacances pour Français pâlots et stressés s'élèvent derrière elles, des centaines de citadins se pressent sur la plage. La lagune a perdu de sa magie, d'ailleurs elle est presque entièrement ensablée.

34

Dr Meyer profite de ma nostalgie, et de ma position allongée, pour me répéter sa question. D'où vient ma famille ? Vous avez quelques heures, Dr Meyer ? Ou quelques siècles ? Il attend patiemment que je me décide à lui faire un résumé succinct de mon pittoresque arbre généalogique. Je lui demande poliment en quoi cela le regarde. Il me dit que la médecine, c'est parfois comme une enquête policière, il ne faut négliger aucun détail. Comme les antécédents familiaux. J'aimerais pouvoir vous aider, cher Dr Meyer, mais je manque de données pour cause d'accident de la route. Ma mère serait-elle morte d'un cancer du sein ou d'une crise cardiaque à soixante-dix ans ou plus, si cette maudite route de Bretagne ou d'Alsace avait été sèche, ce maudit soir de janvier 1957 ? Ou si elle avait été plus concentrée ou moins préoccupée ou moins pressée ? Dr Meyer répète sa question.

— *But where are you from ?*

Faut-il lui énumérer les tribulations successives ? Dans l'ordre ou dans le désordre ? Le Canada, la France, l'Europe de l'Est, l'Afrique du Nord.

*

La plage de Oualidia était déserte, l'été de mes treize ans. Elle n'abritait que les cabanons de tante Ranya, des Bensoussan et des frères Attal, chez qui dormait le reste de la bande. Un peu plus loin, le palais du roi. Palais fantôme, qui ne semblait abriter personne. Et puis, le marabout blanc de chaux, au bout de la falaise. On y voyait parfois des vieilles femmes en sortir, toutes ensevelies de noir. Enfin, quelques cabanes de pêcheurs et celle de l'éleveur d'huîtres. C'était tout. Les plages, les dunes, les rochers, la lagune entière nous appartenaient. Même les enfants des villageois ne venaient que très rarement. Ils préféraient aller plus loin sur la côte, là où l'océan roulait ses vagues contre de hautes dunes blanches. Le village était à cinq kilomètres, en haut de la colline. On montait y acheter des *sfenj*, les jours de souk. Oncle Sauveur nous les achetait en cachette de sa sœur, tante Ranya, qui d'un air dégoûté répétait que ça allait nous rendre malades, que ce n'était pas propre, et de sa femme, tante Olga, qui faisait la grimace en déclarant que c'était plein de gras, vraiment mauvais pour la santé. Oncle Sauveur en mangeait un ou deux derrière leur dos et nous donnait le reste du collier de beignets en nous disant d'aller nous cacher à la buvette pour les manger. Simon nous achetait des bouteilles de Coca. « Ça fait digérer. » Après, on avait un peu mal au cœur, mais on ne l'aurait jamais avoué, même sous la torture. Enfin, moi, je l'aurais confessé dès le premier ultimatum. Gourmande oui, courageuse non.

Une fois par an, on allait admirer les chevaux de la Fantasia du Roi. Les coups de fusil effrayaient Émilie. Les cavaliers en gandouras blanches avec leurs turbans, les chevaux harnachés, les youyous des femmes, toute cette agitation nous excitait beaucoup. Émilie en pleurait d'énervement. On en oubliait la pauvreté des lieux, la poussière, la puanteur. Le fumet du crottin de cheval, mélangé à l'odeur forte des moutons, à celle répugnante des égouts qui se déversaient à même la ruelle, le tout mêlé au parfum de la menthe, des citrons, des oranges, du kif que fumaient les vieux assis entre leurs paniers. On oubliait les maisonnettes délabrées, les enfants mal mouchés, pieds nus dans les détritus du marché, qui tendaient des mains sales vers tante Ranya, qui se pressaient autour de nous, à nous respirer dans le cou, et qu'oncle Salomon chassait de la main après leur avoir donné une poignée de piécettes et quelques bonbons qu'il avait

toujours dans ses poches. Comme des mouches. Cela m'écor-
chait un peu. Je me sentais plus proche d'eux que d'Émilie
avec ses dentelles et ses froufrous. Ils étaient sales comme on
m'accusait de l'être, libres comme j'aurais voulu l'être,
bruyants et effrontés comme je l'étais.

35

Sans bruit, Dr Meyer et Dr Forsythe réapparaissent devant moi. Je suis encore couchée. J'ai dû reperdre connaissance. Je refuse de les voir. L'un d'eux m'ouvre la paupière du doigt et m'aveugle de sa lampe de poche. Je déteste ça. J'ai une phobie des yeux. Je ne peux même pas mettre des verres de contact. Ni enlever une poussière dans l'œil de qui que ce soit. Depuis le jour où, à l'école primaire, on nous a projeté *Un chien andalou* de Luis Buñuel, dans lequel on coupe un œil à la lame de rasoir. En gros plan. Image insoutenable. Rien que d'y penser, je frissonne. Dr Meyer se redresse et me demande si j'ai froid. Dr Forsythe prend ma tension. Ils me disent qu'ils vont nous emmener faire une échographie. Je ne montre aucune résistance. Comme si je ne le savais pas, Dr Meyer m'affirme que ce n'est pas douloureux. Tant mieux, je suis une vraie mauviette.

*

Je dirais tout sous la torture. Juste la menace ou juste l'idée de la menace me ferait parler. De toute façon, je ne sais pas garder un secret, ni m'empêcher de dire ce que je pense, surtout quand quelque chose me révolte. J'aurais été tuée bien avant l'arrivée des troupes ennemies sur la ligne Maginot, si j'avais vécu pendant la drôle de guerre, qui n'a même pas arraché un sourire à ma famille. Et pourtant, chez nous, on saute généralement sur tous les prétextes pour se bidonner.

Aussi bien du côté séfarade (ceux qui d'ordinaire font les blagues) que du côté ashkénaze (ceux qui d'ordinaire en rigolent). En l'absence de la marâtre, bien sûr. Le roi des blagueurs, c'était mon oncle Sauveur. Le roi des rieurs, c'était mon père. Normal, il venait de Chelm. Quand quelqu'un lui demandait où il était né, s'il s'adressait à un ashkénaze, il répondait invariablement : « C'est toi l'intelligent. » L'autre comprenait immédiatement et commençait à raconter des blagues yiddish sur Chelm. Mon père s'esclaffait d'un gros rire sonore qui lui secouait tout le corps. Et puis, il reprenait son souffle en se tenant les côtes parce qu'il se les était cassées plusieurs fois. À cheval, notamment. Quand son régiment de cavalerie avait été lancé contre les chars allemands. Il avait trouvé cela tellement drôle qu'il en était tombé de cheval. Le général, un vrai boute-en-train, lui avait ordonné de se remettre en selle et de partir à l'assaut des chars.

Avec trois côtes cassées et le fou rire. C'est comme ça que mon père avait été fait prisonnier. Au stalag, il trouvait encore le moyen de faire de l'humour, se déguisant en femme pour jouer dans une pièce de théâtre improvisée. Après sa mort, survenue la même année que celle de la marâtre, j'ai retrouvé dans une boîte, chez lui, avec des photos anciennes, un petit carnet noir où il avait noté des blagues au stalag, sans doute pour tenir le coup. Je me suis souvent demandé comment un homme, qui trouvait un côté hilarant aux situations les plus dramatiques, pouvait être aussi apathique dans la vie quotidienne. Je soupçonne mes ancêtres d'avoir inventé le tragi-comique. Beaucoup plus tard, mon père s'est cassé d'autres côtes, au volley, à ski et encore à cheval, ce qui le faisait beaucoup souffrir quand oncle Sauveur racontait ses blagues.

De son côté, oncle Sauveur n'avait pas seulement la répartie facile, il collectionnait les inventions cocasses. Émilie était sa proie favorite. Il lui racontait, par exemple, que les saucissons poussaient dans les arbres. Pour vraiment la bluffer, il avait, pendant la nuit, attaché des saucissons dans l'hibiscus géant du jardin de tante Ranya. Au réveil, il l'emmenait, pieds nus et en chemise de nuit, constater qu'il avait dit vrai.

— Regarde, ils ont éclos pendant la nuit.

Émilie cultivait une admiration sans bornes pour lui parce qu'il lui faisait découvrir des choses dont personne d'autre ne lui avait parlé. Et pour cause. Sauveur le Blagueur nous a tous fait croire, les uns après les autres, qu'il avait un sixième petit doigt à la main droite, ce qui lui permettait de cueillir des fleurs et de se gratter de la même main. Ou d'écrire et d'effacer simultanément. C'était juste une très longue verrue qui avait poussé à la base de son petit doigt et qui, bien sûr, ne lui permettait absolument pas de faire deux choses à la fois. En grandissant, on trouvait ça un peu obscène et l'on grinçait d'un sourire trouble. Il n'était jamais à court de blagues, d'anecdotes, d'images. Nous faisant nous tordre, même quand nous étions les dindons de sa farce. Avec un penchant marqué pour le comique de répétition. Répétant, jour après jour, la même blague. À force, nous riions à moitié pour lui faire plaisir, à moitié parce qu'il avait une façon tellement succulente de parler que nous nous régalions à l'avance de la réplique suivante, de la prochaine mimique. Même si nous la connaissions par cœur.

Il accusait régulièrement sa mère d'avoir fumé le cigare, vidé la bouteille de whisky. Ma pauvre grand-mère, qui prenait tout au sérieux, s'en défendait véhémentement, en agitant les mains.

— Mais enfin voyons, Sauveur, tu sais bien que je n'ai jamais fumé de ma vie. Dieu me protège. La bouteille de whisky? Quelle bouteille de whisky? *Zharma*, on a une bouteille de whisky à la maison? Arrête, Sauveur, arrête! Ma parole, tu vas me rendre folle!

Devant l'hilarité générale, grand-mère finissait par se joindre aux rieurs. À la visite suivante, son indignation initiale était tout aussi vive. À croire que grand-mère avait la mémoire courte. Ou que, comme nous, elle se délectait du rôle qui lui était assigné.

Quand oncle Sauveur allait chercher ma cousine Lucie à l'école, sur son scooter, il passait boulevard d'Anfa, devant une grande affiche publicitaire pour le savon Cadum, représentant un beau bébé blond, souriant, joufflu et rose. Il s'arrêtait devant et racontait à Lucie comment il l'avait fait sourire avec ses grimaces, au milieu des bulles de savon, le jour où elle avait servi de modèle pour l'affiche, dans le studio de l'un de ses amis photographe. Ma cousine Lucie, noiraude et maigrichonne, pas dupe mais généreuse, s'esclaffait jour après jour.

— Avec un bagout comme le sien, dit Simon de son père, il aurait pu vendre un frigo à un Esquimau ou, pour faire dans la rectitude politique, une glacière à un Inuit. Un peigne à un chauve. Des chaussures à un cul-de-jatte. Un jeu de quilles à un chien. Une bicyclette à un poisson.

— Oui, bon, ça va, on a compris, lance Ludo, qui n'apprécie pas trop l'humour d'oncle Sauveur.

Trop bonimenteur. Trop m'as-tu-vu. Pas assez raffiné. Tante Olga aussi le trouvait agaçant et elle levait les yeux au ciel d'un air excédé à chaque blague de son mari. Tante Ranya en profitait pour crucifier sa belle-sœur d'une remarque cruelle sur un ton faussement suave. Ces trois-là, Ranya, Olga et Ludo, devaient être absents le jour où la fée Rigolote a distribué ses prix. Simon tenait de son père et Doudou, curieusement, du mien. L'un blaguait, l'autre riait. Tante Kenza et moi étions les moyennes. Un accessit, tout au plus. Quand il nous arrivait de faire un bon mot, par inadvertance, nous en étions les premières étonnées. Mais nous riions de bon cœur même si c'était de nous-mêmes. Quant à tante Paula et à sa ribambelle d'enfants, ils avaient reçu dans leur berceau, en cadeau de la fée Excessive, une bonne dose de fantaisie et d'exagération. Elle n'avait pas été radine non plus envers les autres. L'affabulation, la dramatisation, la démesure étaient pratiques ordinaires. Dans le genre comique pour les uns, tragique pour les autres.

36

Sacha et moi sommes roulés sur nos lits le long des couloirs de l'hôpital. À la queue leu leu. Une infirmière marche à côté du lit de Sacha en poussant sa colonne d'intraveineuse qui est aussi montée sur roulettes. Le monde hospitalier est vraiment ingénieux. Les portes s'ouvrent d'elles-mêmes, les couloirs sont des voies à deux lits, les murs sont capitonnés pour amortir les coups. Quel sens pratique ! Quel sens du détail ! Pour l'esthétisme, on repassera.

*

Ma tante Ranya vous aurait glamourisé tout ça en un clin d'œil. Une obsédée du décor, Ranya. La marâtre aussi. Mais autant tout était maniaquement laid chez nous, autant chez tante Ranya, c'était la dictature du beau. On entrait chez elle comme dans un musée. En retenant son souffle. Sur la pointe des pieds. Et en ouvrant tout grand les yeux pour ne rien manquer. Chaque élément du décor — volume, couleur, matière, lumière, meuble, objet, tableau, photo, sculpture — avait été pensé, minutieusement étudié, soigneusement composé. Le résultat était sublime.

Un goût parfait, ma tante Ranya. Elle s'habillait avec une élégance raffinée, un sens aigu de l'effet et un poil d'excentricité, ce qui ne manquait pas de faire tourner les têtes dès qu'elle entrait dans une pièce. Elle avait une beauté sinon classique du moins magnétique. Un pouvoir de séduction rare.

Un petit air de Barbara, mais en plus sensuelle, plus exubérante, plus savoureuse et plus excessive. Extrémiste, même. L'ayatollah du beau, ma tante Ranya, avec pour Coran l'esthétisme. Et port de foulard Hermès obligatoire pour tout le monde. On est de gauche ou on ne l'est pas.

Elle avait choisi son bébé dans un orphelinat français, comme elle achetait ses fruits au marché Central de Casablanca.

— Ali, mon ami, tu me mets un kilo de pêches… Et tu me donnes les plus belles… Non pas celle-là, monsieur Ali… tu te moques de moi ? Tu crois, que je ne connais pas les plus belles ? La vérité, tu crois que tu peux me rouler ! Donne-moi plutôt celle-là, et celle-là… Tu les gardais pour Mme Abitbol, c'est ça ? Non, pas Mme Abitbol ? Mme Ramirez, alors ? De toute façon, elles sont pour moi… Allez, ça suffit mon ami, et n'oublie pas de me garder tes plus beaux melons pour demain. *Shoukrane. Abslama sidi…*

Elle avait passé en revue les rangées de berceaux, inspecté l'enfilade de bébés, accusé les puéricultrices de lui cacher les plus beaux et finalement s'était arrêtée devant un bébé aux cheveux bruns, pas trop joufflu, à la peau veloutée et aux grands yeux noisette bordés de très longs cils. Elle racontait qu'Émilie lui avait tendu les bras la première quand elle s'était approchée de son berceau, et que c'était Émilie qui l'avait choisie. Peut-être, mais je savais bien que si Émilie avait été laide, elle aurait pu tendre les bras tant qu'elle voulait, tante Ranya ne se serait pas arrêtée. Elle avait fait d'Émilie une petite fille modèle, tirée tout droit de la bibliothèque rose, qu'elle pouvait à loisir exhiber comme l'un de ses magnifiques bijoux, puis ranger dans un tiroir dès qu'elle en était fatiguée. Leilaaaaa ! *Agi mena*, ma fille. La petite doit aller se coucher, manger, se changer, aller à son cours de tennis, d'anglais, de peinture, de gymnastique, de diction, de danse… *Rlass*[1] ! Ôtez-moi cette enfant que je ne saurais plus voir. Retournons à nos très importantes affaires. La manucure, le coiffeur, la couturière, l'antiquaire, le cocktail, les petits-

---

1. Ça suffit.

fours. Tout ce qui contribuerait à son décor de magazine, à sa panoplie de femme parfaite, à sa réputation d'hôtesse émérite.

Elle recevait avec un luxe, une abondance, une telle débauche d'attentions et de délices que ses soirées étaient les plus courues de Casablanca. Le jardin luxuriant, savamment éclairé, où des tables magnifiques attendaient toute la haute société casablançaise. La profusion de plats succulents auxquels s'affairaient Tawari et Fatima depuis la veille. Ma tante passant et repassant par la cuisine comme un typhon. Houspillant les uns. Bousculant les autres.

— Mais non pas comme ça, comme ça… Mais enfin, tu le fais exprès ? Idiote ! Pas dans ces assiettes, dans celles-là… Mais qui a plié les pastels[2] de la sorte ? Tu ne sais pas qu'il faut toujours faire un triangle équilatéral ? Tu sais ce que c'est, équilatéral ? Non, tu ne sais pas ? C'est pourtant bien les Arabes qui ont inventé les mathématiques et la géométrie ! Je ne me trompe pas ? Ah ! Ne m'énerve pas, hein ! C'est ça, équilatéral ! Avec les trois côtés égaux ! Alors, toi, tu n'es pas capable ? Bon, je te montre encore… Mais tu mets bien trop de farce, enfin… Comment veux-tu… ? Allez, tu m'énerves… Mademoiselle, tu m'énerves !

Elle faisait alors une sortie royale, allait presser la femme de ménage, brusquer le jardinier et affoler tous les autres de ses cris et remontrances. À la fin de la journée, elle s'écroulait sur son lit et prenait le ciel — ou n'importe lequel d'entre nous — à témoin :

— Ouf ! Quel travail ! Je n'en peux plus ! Depuis hier que je trime dans cette cuisine… que je me démène pour tout le monde… Je suis exténuée ! Je n'ai pas une minute à moi… Je n'arrête pas… Quelle vie ! Ah, quelle vie ! Je suis une esclave, voilà ce que je suis… Une esclave. Je t'en prie, ma chérie, fais-moi couler mon bain, je n'en peux plus…

Dès que ses invités arrivaient, pourtant, elle redevenait la charmante, la raffinée, la spirituelle, l'enjouée, la séduisante Béatrice.

---

2. Petits feuilletés triangulaires, frits et fourrés au fromage, à la viande ou aux épinards.

L'harmonie dans l'apparence était, chez tante Ranya, élevée en principe de vie. Comment pouvais-je être si maigre, si mal coiffée, si peu gracieuse ? Elle allait me montrer comment transformer mon physique ingrat en beauté fatale. Je m'enfuyais en pleurant, haïssant jusqu'au grain de ma peau. Comment pouvais-je, en plus, être si peu reconnaissante de l'attention qu'elle daignait m'accorder ? Elle qui ne voulait que mon bien. Il suffisait que je l'écoute. Oh ! Mais que j'étais susceptible ! On ne pouvait vraiment rien me dire… Cela valait bien la peine qu'elle se décarcasse pour moi ! Mes pleurs redoublaient. Je ne pouvais plus me sentir. Je me ratatinais un peu plus au fond de ma carapace. Même quand tante Ranya me faisait un compliment, cela sonnait à mes oreilles comme une insulte. Ce devait être de ma faute. Comme j'étais difficile ! Comme il était impossible de me faire comprendre les choses les plus simples ! Je ne pouvais donc qu'être stupide. Pas stupide. Stupide ! La mère de toutes les stupidités. La stupidité en personne. Au moins, il y avait une constance. Ludo et ma tante s'entendaient sur ce point comme sur bien d'autres d'ailleurs. Mon frère avait une adoration sans bornes pour tante Ranya. Il transférait sans doute.

— Toi et ta psychologie de cuisine ! proteste Ludo.

Tante Ranya ressemblait beaucoup à ma mère. Du moins, physiquement. J'aimais à penser que ma mère, c'était Ranya… en plus mesurée. En moins contradictoire. Mais qu'en savais-je, au fond ? Personne n'en parlait vraiment. Sauf pour dire : « Ta mère, elle était formidable… » Formidable comment ? Comme les tenues de tante Ranya ? J'espérais un formidable plus épatant que redoutable. Un formidable plus modéré et plus cohérent que ne l'était sa sœur. Bourrée de contradictions, ma tante Ranya. À la fois généreuse à l'extrême et terriblement radine. Sensible aux autres et monstre d'égoïsme. Pleine d'amour et remplie d'indifférence. Quand elle nous faisait un cadeau d'une main, elle nous donnait une gifle de l'autre. En toute inconscience. C'était mieux que la marâtre, qui nous donnait consciencieusement une gifle de chaque main. Mais pas vraiment plus valorisant.

La vie de tante Ranya était à la fois un conte de fées et un cauchemar. Elle passait de l'exubérance la plus totale au plus grand désespoir. Tout dépendait de son public. Devant ses amis et relations, elle était le bonheur en personne. Devant ses intimes, tante Ranya souffrait. D'une douleur inexplicable. Avec poses de mater dolorosa. Effets de manches. Et sanglots dans la voix. Laissant à dessein planer le mystère sur la source de cette souffrance. Est-ce parce qu'elle n'avait pas pu enfanter ? qu'elle venait d'un milieu modeste ? que sa sœur adorée était morte ? qu'elle avait vécu un événement plus traumatisant encore ? Nous laissant subodorer, imaginer le pire, elle disait préférer parler d'autre chose. Que la blessure était trop profonde. Tout en nous suggérant qu'on venait de déranger son dragon intérieur, qui allait la dévorer toute crue, et que nous serions responsables de sa souffrance.

— On était très proches, ta mère et moi. Personne ne peut comprendre comme je souffre de sa disparition.

Disparue ?

— C'est une telle déchirure pour moi. Tu ne peux pas comprendre.

Ben, non, c'était juste ma mère.

— Et puis, pourquoi tu me fais parler de ça ? Il ne faut pas... Il ne faut pas... Maintenant, je suis très mal. Je vais pleurer toute la nuit. J'ai mal, là et là... Je ne peux plus respirer. J'étouffe... J'étouffe... Laisse-moi, va, laisse-moi. Je préfère être seule. Tu n'aurais pas dû me faire parler... Ça me fait du mal...

Elle me chassait de sa chambre, de sa présence, de sa douleur. J'avais honte. D'avoir réveillé sa peine. De me sentir spoliée de la mienne. Je n'y avais aucun droit. Comme s'il n'y avait pas de place pour deux. Comme si la douleur des uns excluait celle des autres. Elle seule vivait un drame shakespearien. Que dis-je ? cornélien. Non, non, tout cela n'était rien, elle seule vivait un drame... vraiment... dramatique. Avec symphonie de Mahler en toile de fond.

Moi, je faisais semblant d'être insensible. Blindée. Aux ignorants les mains pleines, aurait dit la marâtre. Pleines de culpabilité. La culpabilité des survivants. Est-ce que je méritais seulement de vivre ? Je méritais plutôt le cachot et les fers. Et comment me racheter ? En défendant la veuve et l'orphelin ?

En dédiant ma vie aux opprimés, aux défavorisés, aux exclus ? Si j'avais été bouddhiste, je serais devenue moine tibétain. Hindoue, le Mahatma Gandhi. Catholique, Mère Teresa. C'est cela qui aurait plu à la marâtre. Que je prenne le voile, que je prononce mes vœux, qu'on me tonde et que je disparaisse dans un couvent ou un monastère. Moche, bête, inutile, je ne méritais pas de vivre au grand jour. Il fallait que je me cache. Dans des grands pulls sans forme. Derrière des gestes rebelles. Sous la couette de ma grand-mère. Derrière un livre. Dans l'obscurité d'une salle de cinéma. Et puis, adulte, je suis partie. Je n'ai pas arrêté de partir.

Ma cousine Lucie, de qui l'on disait aussi qu'elle ressemblait beaucoup à ma mère, osait, elle, m'en parler, parfois. Ses souvenirs étaient gais. Remplis d'anecdotes. De moments où ma mère était vraiment formidable. Lucie aussi en avait été très proche. Elle aussi avait beaucoup souffert de sa « disparition ». Mais Lucie ne s'appropriait pas cette douleur. Elle me laissait la légitimité de la mienne. Je ne sais pas à quoi tenait la différence. Peut-être au « Tu ne peux pas comprendre » de tante Ranya.

Tout habillée de poésie et de désordre, Lucie se mariait. À un aristocrate parisien. Nous n'avions pas assisté au mariage. La marâtre n'ouvrait pas plus sa porte à Lucie qu'aux autres membres de la famille de ma mère. Malgré ses grands principes ou peut-être à cause d'eux, la marâtre nous avait appris à mentir. Sans culpabilité. Et avec de bonnes intentions. Fallait-il dire à Lucie que son mari ressemblait à Raimu dans le rôle de César, du film de Pagnol ? Le sens de l'humour en moins. Et qu'il nous faisait rire avec ses grands airs et ses emportements absurdes ? Qu'elle était généreuse et originale, jeune et belle, qu'elle n'était pas obligée de se précipiter sur sa première demande en mariage ? Elle aussi devait fuir quelque chose. Sa kyrielle de frères et sœurs dont elle devait s'occuper, par exemple. La folie de sa mère, tante Paula la Russe. La quasi-déification de son père, Ange. Ou alors le secret de famille que j'avais découvert, au cours d'une de nos troïkas, avant qu'elle ne se marie, l'été de mes quatorze ans. C'est ainsi qu'en l'honneur de tante Paula, j'avais baptisé nos séances de confidences, en général pelotonnées sous un édredon, en général tard dans la nuit, en général à propos de notre famille. L'été, Lucie et moi nous faisions souvent la troïka jusqu'aux petites heures du matin. C'est une de ces nuits qu'elle m'a révélé la raison d'être de notre *dibbuk*[3] familial. Tante Paula nous avait assez répété que les *dibbuks* se nourrissaient de non-dits, de secrets entourant une faute ou une honte passée. Qu'il fallait les craindre, car ils pouvaient rendre votre vie aussi misérable que celle d'un croque-mort des alpages. Venant vous tirer les pieds la nuit pour troubler votre sommeil, jusqu'à l'épuisement. Vous torturant le jour en vous rendant tellement conscient de vos défauts qu'il vous était impossible d'éprouver le moindre plaisir à la vie. Tout cela me semblait étrangement familier. Quand j'ai enfin appris quel était ce fameux secret de famille, dont s'était emparé le *dibbuk*, j'ai compris pourquoi je me sentais coupable, gênée et inadéquate depuis la mort de ma mère. Chez nous, la mort était un secret inavouable. On plongeait les enfants des morts prématurés dans un brouillard fautif, on les noyait de honte, on les inondait de malaise. Était-on coupable de la mort de ses parents ? Dans le cas d'Ange, il était clair que toute la famille le considérait comme tel. Ange, le père de Lucie et le frère aîné de ma mère, était en fait le demi-frère et le cousin de la fratrie Zitoune.

— Quoi ? Tu peux recommencer, Lucie ?

Grand-père Zitoune, avant d'épouser grand-mère (Deborah), était marié à sa sœur aînée (Esther). Esther était morte en couches, à la naissance d'Ange.

— Hein ? Toujours pas compris. Répète, Lucie.

Après la mort de sa première femme Esther, la mère d'Ange, grand-père Zitoune avait épousé sa jeune belle-sœur Deborah, la mère de Massouda.

— Donc, mon père Ange est le demi-frère et le cousin de ta mère Massouda. On a le même grand-père, mais ma grand-mère est la sœur de ta grand-mère.

Et mon arrière-grand-père s'appelle Tourgueniev peut-être ? Je comprenais maintenant le traitement particulier que

---

3. Dans la culture yiddish, *mauvais esprit*.

mes oncles et tantes réservaient aux enfants d'Ange. Mélange de dureté et de mépris. Ils étaient les enfants du demi-frère. Du cousin. Du matricide. Ironiquement baptisé Ange. De celui par qui le malheur était arrivé. Celui qui avait forcé ma grand-mère Deborah à épouser mon grand-père Zitoune. Peut-être à contrecœur. Peut-être renonçant à un autre amour. Condamnant tous ses autres enfants à une mère amère. Et même dans le silence, cela ne trompait personne. Ange, le mal nommé, terrorisait ses frères et sœurs. Irascible, tapageur, outrancier, il avait des colères légendaires, des accès de violence terrifiants, suivis de bouffées de générosité démesurée. Guerre et paix sous les palmiers. Géant, énorme, à l'énergie aussi débordante que son appétit, il dérangeait, même dans une famille aussi turbulente que la mienne.

— D'ailleurs, quand ta mère est morte, les Zitoune voulaient que ton père épouse Kenza. C'est la tradition. Quand une mère meurt, le père épouse sa jeune belle-sœur. Seulement, ton père, il n'a pas voulu.

Quel dommage ! Depuis cette révélation, je n'ai cessé d'imaginer comme ma vie aurait été différente si mon père avait suivi la tradition. Nostalgie tchékhovienne. Tradition, troïka, Tolstoï, Tourgueniev, Tchekhov. De toute évidence, j'en étais à la lettre T.

37

T 304. Devant la porte de la salle d'examen, Dr Meyer me répète sa question. Celle à laquelle je n'ai pas répondu tout à l'heure, pour cause de perte d'équilibre. On peut dire qu'il a de la suite dans les idées. D'où vient ma famille ? J'aimerais bien le savoir. Et moi, je vous en pose des questions ? Hein, Dr Meyer ? Et puis, c'est quoi, ce nom ? Vous ne seriez pas un peu Juif sur les bords, vous ? Bon, j'avoue. Moi, oui. Et le père ? Quoi, le père ? Oui, le père est Juif aussi. Mais ma parole, vous êtes de la Gestapo ?

*

Je n'en pouvais plus des films du dimanche à la télé, avec leur éternel casting de soldats prisonniers, de populations affamées, de résistants, de nazis, de collaborateurs et d'Américains libérateurs. Mon père et la marâtre regardaient toutes les semaines, avec une sorte de satisfaction passive, saupoudrée d'une pointe d'incrédulité, leur propre passé adapté au petit écran. Je ne faisais guère la différence entre la réalité et la fiction. Les explosions de pont, les représailles avec prise d'otages, les arrestations avec séances de torture continuaient de me poursuivre toute la nuit. J'émergeais le lundi matin, prête à me battre contre la terre entière, sans peur et sans reproche. Un sarcasme de Ludo, une réprimande de la marâtre me remettaient à ma place. J'étais lâche comme mon père, il n'y avait pas à sortir de là. Pas seulement lâche, la reine des lâches.

Lâche de chez lâche. La lâcheté en personne. D'une couardise inouïe. Pendant la guerre, je me serais terrée ou enfuie comme un rat. Oublions la résistance. Je n'avais pas une once de courage. Pas un gramme d'héroïsme. L'idée de la torture physique m'était insupportable. Côté torture morale, je commençais à être assez aguerrie. Je partais pour l'école comme si de rien n'était. Enfonçant mes frustrations sous la rébellion, les clowneries, la bravade, je me vengeais sur mes professeurs.

*

Dr Meyer n'est pas encore satisfait. Ashkénaze ou séfarade ? Il veut m'épouser ou quoi ? Non, il veut seulement estimer les possibilités que Sacha soit victime d'une maladie génétique qui attaque surtout les Juifs. Du genre pogrom ? Il sourit à peine et m'explique que Sacha montre des symptômes associés à la FMF, la fièvre méditerranéenne familiale. Je ne suis qu'à moitié surprise. On en souffre tous dans ma famille, de la fièvre méditerranéenne. Et c'est contagieux. Depuis qu'ils ont épousé la bande de fiévreux Méditerranéens de la tribu Zitoune, même les Wakensman, venus du froid, des steppes enneigées, des forêts de bouleaux, sont atteints du syndrome.

*

Tous les ans, aux vacances de Noël, Ludo et moi partions au ski. Dans un camp de vacances pour les dix à seize ans, à Villard-de-Lans dans le Vercors, financé par une association d'action sociale, vaguement héritière du Front populaire. Faire respirer le bon air de la montagne aux petits Parisiens, enfants de communistes ou pas, mais presque tous de milieux plutôt modestes, à part un ou deux fils d'intellos égarés. Nous y retrouvions nos cousines, Alice et Danielle Wakensman. Alice avait deux ans de plus que Ludo ; Danielle, deux ans de moins que moi. Elles nous encadraient. Caquetant, médisant, gémissant. Trop froid. Trop de neige. Trop d'efforts. Trop de pentes. Trop de montées. Trop de descentes. Trop d'épinards. Pas assez de bonbons. Alors que pour moi, les séjours à Villard-de-Lans étaient une aire de liberté sur l'autoroute monotone du reste de l'année. Loin de la surveillance policière de la marâtre. Loin de l'amour manipulateur de tante Ranya. Loin de la complaisance de mon père. Une sorte d'école sans devoirs ni leçons. Sans professeurs qu'il fallait écouter en silence. Sans castes ni snobisme. Mais avec en prime la neige, la glisse, les jeux, les escapades nocturnes dans le dortoir des garçons, les chamailles, les fous rires, les soirées dansantes, les flirts. J'adorais le ski, la vitesse, les sauts sur les bosses, la compétition. J'étais fière de mes prouesses. Invariablement la seule fille dans le groupe des forts. Ceux qui avaient passé leur chamois d'or et qui pouvaient descendre les pistes qu'ils voulaient à condition de rester ensemble et de revenir à l'heure au chalet. De toute façon, j'étais un garçon manqué, comme aimaient à le répéter et la marâtre et tante Ranya qui, pour une fois, étaient d'accord. Seule ombre au tableau, Ludo, qui skiait dans le même groupe et ne manquait pas une occasion de me rappeler que je n'étais que sa petite sœur.

— Ben, c'est vrai, t'es ma petite sœur, non ?

Ludo, s'il te plaît !

L'hiver de mes quatorze ans, Alice, trop grande, était restée à Paris. Ludo, trop snob, était parti avec son copain de lycée à l'Alpe-d'Huez. Danielle était dans le groupe des petits. Moi, dans celui des grands. Je pouvais donc, sans retenue et sans témoin, être moi-même. C'est là que je l'ai rencontré pour la première fois. Marc. Wajstmann. La similarité de nos noms nous a d'abord agacés. On m'a demandé s'il était aussi mon cousin. De la tribu perdue d'Israël ? Non, merci, j'avais assez des miens, je n'allais pas en plus en adopter d'autres. Et puis, quelques jours avant le retour, son petit air de chien battu avait fini par me séduire secrètement. Un homme à sauver. Youpiii ! Le premier d'une mauvaise habitude. Il fallait bien que je me rende utile, si je voulais qu'on m'aime.

Cela avait commencé comme un canular. Sans doute parce qu'il était effacé et peu bavard, les garçons l'avaient pris comme tête de Turc. Ils planifiaient de lui faire une énième blague de potache. L'un d'eux m'avait appelée dans leur dortoir pour assister à la scène, pensant m'impressionner. Je trouvais que c'était un peu facile de s'en prendre au seul Juif du groupe. Je l'ai dit. On m'a regardée, ébahis. On n'y avait pas pensé. On n'avait même pas été effleuré par l'ombre de l'idée. Et l'inconscient collectif, alors ? Je venais de lire *Ma vie*, de Jung. Sa dispute avec Freud. Ses théories sur le rôle de la sexualité, sur les rêves, sur l'inconscient. Je mélangeais un peu tout, mais il me restait les termes. On m'a regardée, encore plus interloqués. Certains ont ricané, un peu gênés. Je les ai comparés aux hyènes. Qui, elles, contrairement à ce que l'on pense, ne se moquent de personne. Ils se sont poussés du coude en chuchotant que j'étais amoureuse. Marc, tenu par deux ados un peu niais quoique se donnant des airs menaçants, s'est empourpré jusqu'aux oreilles. Cela m'a fait rougir par ricochet. Les ricanements ont redoublé. Certains se sont mis aussi à me tourner autour de la démarche très maladroite du charognard tacheté. Avec des mines de rien, les deux ados flingueurs ont lâché Marc, qui est retourné à son lit sans me regarder. Ne sachant que faire de moi-même, j'ai éclaté d'un rire aussi faux que celui du prédateur, ce qui n'a trompé personne, et, essayant lamentablement d'être drôle, je les ai menacés de tout rapporter au moniteur si je les y reprenais, petits vauriens. Sur quoi, les plus jeunes se sont mis à scander, en me poursuivant jusqu'au dortoir des filles :

— Elle est amoureu-se ! Elle est amoureu-se !

*

— Et le père ? insiste Dr Meyer.

Quoi encore, le père ? Philosophe. Professeur. Remarié. À une Américaine.

— Mais non. Ashkénaze ou séfarade ?

— Lui ? Cent pour cent ashké. Pur *gefiltefish*[1]. Élevé et nourri aux *latkes*[2] et aux *kugel*[3]. Pas la moindre goutte de Méditerranée dans le sang.

---

1. Carpe farcie, spécialité de la gastronomie ashkénaze.
2. Crêpe de pomme de terre.
3. Plat de gratin de pâtes sucré.

Dr Meyer fronce les sourcils. Il désapprouve ?

— Non, simplement la FFM est beaucoup plus fréquente chez les enfants de couples séfarades que mixtes. Il faut deux parents hétérozygotes pour transmettre le gène.

Zigotos, je veux bien. Hétéros, sans aucun doute. Mais à part ça, je ne vois pas. Jamais entendu parler de ce gène dans ma famille. « Où il y a c't'Eugène, il n'y a pas de plaisir », aurait ajouté mon père. Oui, je sais, pas aussi drôle qu'oncle Sauveur. Dr Meyer, qui a le sens de l'humour très canadien, me plante là et part conciliabuler avec son collègue. Sacha dort toujours.

*

Ce n'est que dans le train du retour que Marc s'est décidé à m'embrasser. Il faisait nuit. Je m'étais assise avec mes copains de glisse. Comme par hasard à côté de Marc. Après une bonne demi-heure de chahut, le moniteur est passé. Éteignant la lumière. Et nous suggérant de dormir. Les uns et les autres ont semblé s'assoupir rapidement. Sauf Marc et moi qui chuchotions encore. J'ai d'abord senti sa main prendre la mienne. Je lui ai rendu sa pression. Il s'est enhardi. M'a passé le bras autour du cou. Je me suis installée avec satisfaction au creux de son épaule. J'avais eu le temps, pendant les derniers jours des vacances, devant sa feinte indifférence, de me pomper aux fantasmes de l'amour impossible. Timide authentique ou habile stratège, il avait réussi à m'obnubiler. J'étais mûre à point. Les garçons du compartiment se sont vite lassés de faire semblant de dormir. Alors que nous nous embrassions à pleine bouche, ils ont rallumé brutalement la lumière. Cela les a beaucoup divertis. Il a été difficile de trouver un peu d'intimité pendant le reste du voyage. La bande des forts en slalom ne se gênait plus pour nous taquiner. Debout dans le couloir ou assis dans un compartiment bondé, nous n'arrêtions pas de nous embrasser, de nous serrer l'un contre l'autre, de nous murmurer des bêtises. Comme s'il fallait rattraper le temps perdu. Comme si la fin du monde était proche. Et la fin du mien l'était bel et bien. Le trajet Grenoble-Paris ne m'a plus jamais semblé aussi court jusqu'à l'ère des TGV. Je prenais soin, cependant, d'éviter Danielle. Je n'avais aucune envie que cela revienne aux oreilles de la marâtre. Je savais d'avance que je serais immédiatement punie. Privée de dessert. Ou de lecture. Accusée des pires dépravations. La marâtre ne badinait pas avec l'amour. Il n'était pas question que sous son toit, elle vivante, tant que personne ne lui couperait son *sifflet* de vie, tant qu'elle m'avait à sa charge — après elle n'en aurait aucune *sinécure*, elle s'en laverait les *deux* mains, et même les pieds, elle aurait fait son devoir — je puisse fréquenter des propres à rien avec qui faire des saletés et me livrer à mes plus bas *instants*. Danielle était une pipelette. Elle se ferait un malin plaisir de moucharder.

Marc habitait boulevard de Magenta, près du boulevard Barbès. Son père était médecin. Je n'aurais pu le rencontrer qu'à Villard-de-Lans. Nous habitions la même ville, mais nous vivions sur des planètes différentes. À Paris, il ne m'aurait sans doute pas regardée. Je n'aurais sans doute pas osé. Le train entrait en gare de Lyon. Il m'a demandé mon numéro de téléphone. Je ne répondais pas.

— Tu n'as pas le téléphone ?

Je ne répondais toujours pas. Comment expliquer que, dans quelques minutes, mon carrosse se changerait en citrouille ? Et moi, en crapaud ? Je lui ai griffonné mon adresse.

— Tu pourras m'écrire. Mais surtout rien de compromettant.

Il a éclaté de rire. Encore une de mes blagues. Je ne riais pas. Je lui ai donné quelques explications rapides. Il ne fallait surtout pas que mes parents nous voient ensemble. Je suis allée rejoindre Danielle. Je suis descendue du train sans me retourner. Je marchais sur un nuage. Ma vie ressemblait enfin à un roman.

38

J'essaye d'expliquer au Dr Meyer le double croisement des familles de mon père et de ma mère. Zitoune-Wakensman, Wakensman-Zitoune. Plus le double mariage de grand-père Zitoune. Dr Meyer me regarde bizarrement et me dit qu'il n'est pas psychiatre. Mais il ajoute qu'il doute que cela ait une incidence quelconque sur le problème actuel de Sacha. Il va plutôt procéder à l'échographie pour voir l'état de son appendice. Oui, vous avez raison Dr Meyer, une petite échographie de derrière les fagots, ça n'a jamais fait de mal à personne. Et c'est certainement moins risqué que de s'aventurer dans les méandres familiaux. Ludo et mon père auraient été bien d'accord avec vous. Dr Meyer m'explique que les tests génétiques prendraient trop de temps.

— Pour un diagnostic sûr, il faudrait observer au moins trois crises. En attendant, on doit éliminer toutes les autres possibilités. L'échographie nous évitera d'opérer Sacha s'il n'a pas l'appendicite, comme cela arrivait trop souvent avant qu'on ne découvre ce fameux gène.

C'est rassurant. Je bénis le progrès.

*

J'avais reçu plusieurs lettres. Les premières, habiles et à double sens. La censure de la marâtre ne pouvait rien y trouver à redire. Je jubilais. Marc savait écrire. Au contraire de mes précédents flirts de vacances. Qui, de retour à Paris, m'envoyaient des lettres simplettes, à l'écriture gauche, à la syntaxe boiteuse. Verdict immédiat : jeter le rustre aux oubliettes. Je n'y pouvais rien, j'étais sensible aux mots, disais-je à Francine, avec une prétention ridicule. Je me prenais pour Roxane. Elle ne comprenait pas. Pour une faute d'orthographe. Pour une platitude. Pour un mot mal choisi. Du jour au lendemain. Mépris total. Dédain immédiat. Moi qui lui avais rebattu les oreilles des mérites du nouveau prétendant. Lui qui m'avait simplement tenu la main pendant une promenade. Invitée à danser sur *Night in White Satin* ou *Capri c'est fini*. Glissé un bonbon dans la poche. Souri au moment du départ. Demandé mon adresse. De là, j'en avais déduit une personnalité exceptionnelle, une intelligence hors pair, une culture infinie, un amour éternel. Le décalage ne m'apparaissait que noir sur blanc. Et sur papier à lettres. La chute en était d'autant plus rude. Mais, cette fois, j'avais quatorze ans. Marc m'avait embrassée. Le premier pour de vrai. Ses lettres étaient à la hauteur de mes illusions.

L'été de mes quinze ans, j'étais déjà un peu plus sûre de moi. Un tout petit peu. Même si Marc s'était lassé de m'écrire.

On n'était pas arrivés à se voir du reste de l'année. J'avais proposé un après-midi à la patinoire. Lui, un autre à la piscine. Nos emplois du temps étaient antagonistes. Quand il était libre, j'avais cours de latin. Quand j'étais libre, il avait cours de maths. L'éducation nationale s'était liguée contre nous. La marâtre avait fait le reste.

Se doutant de quelque chose, elle minutait plus que jamais mes retours du lycée. Alors que j'avais été libre comme l'air tous les jeudis de mon enfance, je ne pouvais plus faire un pas de travers depuis que j'étais ado. Et je ne pouvais pas plus qu'avant compter sur l'aide de Ludo. Il vivait les conflits de sa propre adolescence avec son égocentrisme habituel.

Ludo, tu ne dis rien ? Tu t'es fatigué de te battre contre la partialité de mes souvenirs ?

Au fur et à mesure, les lettres de Marc étaient devenues plus explicites. Nous avions peu à peu laissé tomber le langage service secret. Marc avait proposé de venir me chercher à la sortie du lycée, un mercredi où je sortais tôt. Il sécherait. Traverserait Paris en métro. On irait regarder les voiliers du bassin du Luxembourg. Il m'achèterait des roudoudous. Ensuite, on irait boire un lait grenadine dans un bistrot de Saint-Germain. Regarder passer les gens à la mode. Si on avait le temps, on irait voir un film d'art et d'essai au Racine. Je voyais bien qu'il prenait des risques pour moi. Sans parler de vider sa tirelire.

C'est cette lettre que la marâtre avait décidé de lire en détail. Elle était entrée dans ma chambre en brandissant la fautive. M'en avait lu des passages, outrée. Parsemant le tout d'insultes et d'expressions toutes faites qu'à son habitude elle enjolivait. Elle ne m'avait pas déçue. Son discours était en tous points celui que j'avais imaginé. Cachottière. Menteuse. Dévergondée. Ça finirait mal. C'était certain. En revanche, elle aurait fait son devoir, et l'on ne pourrait rien lui reprocher. D'ailleurs, elle s'en lavait les mains, les pieds et même le linge sale en famille. Son obsession de la propreté avait gagné la métaphore et devenait répétitive. Je ferais mieux d'arrêter de faire la maligne. Petite vicieuse. Sournoise. Sainte nitouche. De toute façon, j'étais punie. Dimanche, au lieu de m'amuser avec mes cousins et cousines à Pontoise, chez oncle Sauveur et tante Olga, je ferais des maths. Ou un thème latin. Ça me ferait les *pieds beaux* et remonter ma moyenne. Débauchée. Fourbe. Dévoyée. Et puis, il n'était pas question que je continue à écrire à ce *vaurien du tout*. D'ailleurs, il n'était pas sûr qu'ils m'envoient en stage de ski à Noël prochain si c'était ce que j'y faisais. J'avais intérêt à me tenir *à carré* et même à losange.

Je n'avais pas eu le droit de répondre à Marc. Au bout de quelques autres lettres, que la marâtre lisait avant moi, en y prenant un plaisir évident, Marc s'était lassé.

J'étouffais ma rage au hockey sur gazon. Je m'étais enrôlée dans l'équipe de filles de mon lycée. Plusieurs fois par semaine, je courais après une balle, avec un bâton, en jupette plissée et chaussettes aux genoux, en essayant d'éviter une horde d'autres filles portant le même déguisement qui couraient en sens inverse après la même balle. Après quelques mois de ce régime, j'avais développé des cuisses de championne soviétique. Mais cela ne m'avait pas suffi. Je m'étais inscrite dans une équipe de natation du club de sport proche de mon lycée. Je lavais ma colère à la piscine. Trois fois par semaine, je crawlais d'exaspération. Je papillonnais jusqu'à l'épuisement. Je brassais ma hargne sur le dos et sur le ventre. D'entraînement en compétitions, j'avais aussi développé des épaules olympiques d'Allemande de l'Est.

Quand je suis arrivée chez tante Ranya, l'été de mes quinze ans, elle s'est récriée. Horrifiée. Il fallait que j'arrête immédiatement ces sports masculins et que je me mette au ballet. Pour développer ma féminité. Ça n'allait pas du tout. Alors que j'étais si menue l'été d'avant ! Je n'arriverais jamais à trouver un mari si je devenais baraquée comme un homme. Surtout que j'avais arrêté de grandir. Ludo, à sa grande joie, me dépassait maintenant de trois bonnes têtes. Il n'était pas question que je devienne aussi large que haute. L'intelligence comptait bien sûr, mais ça ne suffisait pas.

Au lieu d'aller me cacher comme les autres années dès que tante Ranya m'adressait un de ses compliments empoisonnés, je lui tenais tête. Non, je ne ferai pas de danse classique. Les tutus m'horripilaient et je détestais le rose. En plus, je n'avais aucun intérêt pour les maris possibles, futurs, éventuels. J'avais lu Françoise Sagan, et je n'avais aucune intention de vivre comme mon père.

Chez tante Ranya, j'ai pu mesurer l'ampleur du désastre. Il y avait des miroirs en pied dans toutes les pièces. Rue Buffon, l'être humain ne semblait pas avoir de jambes, comme les speakrines de la télé. On ne pouvait se voir que jusqu'à la poitrine. Dans de grands miroirs à moulures dorées, suspendus au-dessus de cheminées de marbre. L'appartement avait dû connaître des jours glorieux, avant l'ajout des poêles à charbon, du linoléum dans la cuisine, et surtout du mobilier encombrant, style restrictions d'après-guerre, de mes parents. Les plafonds étaient hauts, les parquets, en chêne et les fenêtres, nombreuses. Les rideaux, doubles rideaux et passementeries, ajoutaient de la lourdeur aux pièces démesurées. Le seul meuble que j'aimais, la coiffeuse de ma mère, genre art déco en verre biseauté, avec ses surfaces en plans inclinés qui reflétaient le monde sous des angles chimériques, avait été recouvert par la marâtre d'un tissu à fleurs hideux. Quand j'essayais de soulever les fanfreluches à la Sissi impératrice pour retrouver les reflets bizarres de mes souvenirs, je me faisais taper sur les doigts.

— Touche pas, tu vas salir !

Dans le miroir en pied de la salle de bains de tante Ranya, j'ai découvert, cette année-là, que j'avais des jambes, des hanches et des seins. J'étais donc bien une fille !

39

Sacha se réveille. Il me dit qu'il est trop en avance pour son âge.

— Mais qu'est-ce que tu racontes ?

— Je pense tout le temps à la fin de ma vie.

— À la fin de ta vie ?

Il acquiesce de la tête et se met à pleurer.

— Quand je serai mort, je ne me rappellerai plus les bons moments de ma vie.

Je lui dis de ne pas pleurer. Qu'on ne se rappelle jamais rien quand on est mort, puisqu'on est mort. Il redouble de pleurs.

— Je veux avoir du *fun* avec toi pendant que tu es en vie, comme ça quand tu seras morte, j'aurai de bons souvenirs. Je pourrai me les rappeler.

Je l'embrasse. Je me demande s'il a une vue imprenable sur l'intérieur de mon cerveau.

— On va avoir du *fun*, Sacha. Dès qu'on sort de ce foutu hôpital, je te le promets, on va avoir du *fun*. Fièvre méditerranéenne ou pas.

*

Ma mère était tombée amoureuse inopinément. Une passion soudaine. Combustion spontanée. Elle l'avait rencontré au pied du labyrinthe du Jardin des Plantes. Devant le bassin au phoque. Une des attractions les plus affligeantes du jardin.

169

Quoique le chameau était un bon rival. Si on avait un peu de cœur, une fois qu'on avait passé des heures devant le bassin au phoque à le regarder tourner péniblement, toujours dans le même sens, dans ce ridicule bassin qui n'était pas plus grand qu'un jacuzzi, il ne restait plus qu'une chose à faire : se jeter dans la Seine du haut d'un pont. Parce que finalement, ce phoque perclus de rhumatismes et déprimé à mort, c'était une vraie métaphore de la vie. Et une fois qu'on avait compris ça, il ne restait plus qu'à en finir. Mais à ce moment-là, je ne le savais pas. Je me contentais d'éviter de le regarder parce qu'il me rendait triste.

Un jeudi après-midi de septembre, alors que Ludo et moi jouions à cache-cache avec une bande d'enfants du quartier et que le pauvre veau marin asthmatique faisait pour la énième fois le tour de sa minuscule baignoire, ma mère s'était assise sur un banc. Sous un platane. En nous attendant. Avec son tricot. Un homme s'était assis à côté d'elle. Avait déplié son journal. S'était mis à rire en lisant. L'avait regardée. Cela avait suffi.

De rendez-vous au café en escapades à l'hôtel, l'affaire avait duré un certain temps avant que mon père ne la découvre. La suite était banale.

Ils s'étaient disputés avant son départ. Avaient parlé de séparation. De divorce. Mon père était furieux. Il avait menacé de garder les enfants.

— Si tu y vas, ne reviens pas.

Ludo regardait la scène par la porte de notre chambre entrouverte. Ils nous croyaient endormis. Elle était quand même partie. Le bruit de la porte m'avait réveillée.

— Qu'est-ce que tu fais, Ludo ?

— Rien. Dors.

J'avais repris mon pouce. Ludo s'était recouché. Elle était quand même partie. Coupable et fébrile. Elle roulait vite. Énervée. Elle avait accéléré. La route était mouillée. On était en janvier. Elle avait raté un virage. S'était retournée dans un fossé. L'ambulance était arrivée assez vite. Mais pas assez tôt. Elle avait juste eu le temps de dire à l'ambulancier, qu'elle avait dû prendre pour mon père : « Prends bien soin des enfants. »

Elle n'était pas revenue. Ils étaient séparés. À jamais. Il avait gardé les enfants. En avait pris soin. Du mieux qu'il pouvait.

Ludo me demande où j'ai vu jouer ça. Je vais trop au cinéma, d'après lui.

Je lui dis que c'est lui qui joue à l'autruche. Qu'il ne veut pas chercher la vérité.

— Quelle vérité ? Elle a eu un accident, c'est tout.

— Et pourquoi est-elle partie, hein, pourquoi, Ludo ?

— Elle avait à faire, c'est tout. T'as pas besoin d'inventer tout ça.

— Quoi, à faire ? Tu t'en souviens ou tu t'en souviens pas du jour où elle est partie ?

— Non, je ne m'en souviens pas. Je dormais. D'ailleurs, les souvenirs, c'est comme le monde atomique, la limite de leur connaissance est infranchissable. C'est le principe d'incertitude. Les souvenirs sont comme les atomes, incertains. Je m'en tiens donc à la réalité. Elle a pris la voiture un soir. Il pleuvait. Sa voiture s'est retournée. C'est tout... Je n'invente pas n'importe quoi, moi !

C'est tout. C'est vrai. Ludo est physicien. Il enseigne à la fac. À l'University of British Columbia. Il fait de la recherche aussi. Je ne sais pas exactement ce qu'il cherche, mais certainement pas les circonstances de la mort de notre mère. J'ai longtemps cru que mon frère était un poète. Qu'il étudiait la physique *cantique*. C'est moi qui ai déchanté. Comme il m'énervait avec ses airs supérieurs, ses *tu ne peux pas comprendre* (lui aussi), j'ai lu un article de vulgarisation. Je n'en revenais pas. Mon frère aurait dû être le premier à le savoir. Que nous ne pouvons pas connaître la réalité objective. Que nous sommes condamnés aux apparences trompeuses. C'est le paradoxe de Ludo. Aussi singulier qu'un Vancouvérois obèse. Il enseigne ce qu'il n'applique pas.

Ludo est venu me rejoindre au Canada après mon divorce. Mon père était mort. Célibataire endurci, Ludo n'avait pas plus de raisons de vivre sur un continent que sur un autre. À part en Inde peut-être. Il a vécu quelques années au Kerala. À cause de l'école des mathématiciens qui, au

XVIᵉ siècle, avaient écrit le premier traité d'analyse et de calcul infinitésimal, dont les séries trigonométriques devançaient de trois siècles leur redécouverte par les Occidentaux et le faisaient pâlir d'excitation. Ludo a dû être Indien dans une vie antérieure. Quand il porte le *veshti*[1], il ressemble à Gandhi. Là-bas, il a aussi appris à écrire le sanscrit. Le raffinement de la culture indienne convient à son goût de la perfection. Mais finalement, il a opté pour la côte ouest. À cause des îles. Ou peut-être pour se rapprocher de moi. Ou simplement parce qu'il a décroché un poste à Vancouver plutôt qu'à Thiruvananthapuram[2]. C'est plus facile à prononcer. Ici, il a épousé une Indo-Canadienne de la seconde génération, gracieuse, délicate et douce. Tara la bien nommée. *Celle qui aide*, en indien. Chez eux, Ravi Shankhar joue du sitar à longueur de journée. Cela me tape sur les nerfs. Ils ont eu une petite fille. Il en est gaga. Pour endormir sa petite Anu[3], en guise de contes des mille et une nuits, il lui explique les principes de la physique quantique. Les fluctuations du vide, la décohérence, le paradoxe du chat et l'effet Casimir. Le monde des particules élémentaires, mon cher Watson. Sommeil garanti.

---

1. Costume pour hommes du Kerala.
2. Capitale du Kerala.
3. *Atome*, en indien ; *grâce*, en hébreu.

40

L'été de mes quinze ans, je ne pouvais pas rester en place. Il fallait que j'évacue toute la colère emmagasinée pendant les dix années précédentes. Contre l'injustice. Contre l'impuissance. Contre la violence. Contre le mépris. Contre la peur. Contre la bêtise.

À Casa, je prenais la mobylette de Tawari et je passais mes journées à rouler le long de la corniche. Je m'arrêtais devant toutes les plages privées. Miami Beach. Tahiti. Copa Cabana. Acapulco. Je voyais les bandes de jeunes s'ébattre autour des piscines. Bronzés, à la mode, insouciants. Je les haïssais. Je repartais en furie. Criant au passage des villas, pour faire peur aux gardiens, assoupis sous leur palmier.

À Oualidia, je partais seule sur les rochers de la Passe. Je me trouvais un recoin à l'abri des regards. Et je me mettais à crier contre le vent et les vagues. Sans phrases. Rien que des cris. Moins brave que Démosthène, j'avais omis les cailloux dans la bouche. Parfois, en retournant au cabanon, vidée, je croisais un pêcheur qui me regardait d'un drôle d'air. Ils ne savaient pas que pour m'habituer au refus, j'allais hurler ma rage aux éléments déchaînés, comme Diogène allait mendier aux statues.

Une colère qui ne s'épuisait pas. Un puits sans fond. Je la sentais resurgir jour après jour à la première vexation de tante Ranya, au dédain quotidien d'Émilie, qui me traitait désormais en parente pauvre, à la moindre dérision de Ludo, à l'habituelle indifférence d'oncle Salomon, à toute marque de désintérêt d'un des enfants de la bande. Je ne supportais plus rien. L'été a passé sans que je n'y trouve aucun plaisir. Je me détestais, je détestais tout le monde, je détestais la vie.

*

Sacha est allongé sur un lit d'examen. Dr Meyer nous laisse avec la radiologue. Elle enduit le ventre de Sacha d'une gelée. Il fait la grimace. C'est froid. Elle promène la sonde sur son ventre. Il se plaint à peine.

L'appendice de Sacha est en super forme. Pas la moindre inflammation. Je ne sais si je dois me réjouir ou m'alarmer. Pas le temps ni pour l'un ni pour l'autre. C'est à mon tour de passer à l'échographie. Je ne comprends pas ce qu'ils cherchent. Je n'ai pas mal au ventre, moi. Ni aux jambes. Comment pourrais-je avoir la même maladie ? La radiologue me dit que Dr Meyer a senti une masse dans mon bas-ventre en m'auscultant tout à l'heure. Je me sens blêmir, si c'est encore possible sous la lumière si flatteuse des salles d'hôpital. Elle rajoute très vite que ce doit être un fibrome. Bénin. M'enduit de gel. Tourne un peu sa sonde. Effectivement. Pas de quoi s'inquiéter. La peur reprend ses ailes et disparaît au triple galop.

Dr Meyer revient et me dit qu'il cherche toujours ce qui m'a fait perdre connaissance. Il va m'emmener passer une IRM, une image à résonance magnétique. Il en profitera pour en faire une aussi à Sacha, histoire de ne pas faire de jaloux. Et de confirmer les résultats de l'échographie. On continue à jouer aux devinettes et à essayer tout l'équipement de l'hôpital. Chouette.

Sacha, allongé sur la machine, passe dans une espèce de tunnel. Très lentement. Dr Meyer lui dit de ne pas bouger.

41

À notre retour de Casablanca, Ludo ruait dans les brancards. La marâtre et lui ne se parlaient plus. Tout passait désormais par mon père, même lorsqu'ils étaient assis l'un en face de l'autre à la table de la cuisine.

— Dis à ton fils qu'il range sa chambre.

— Dis à ta femme que c'est ma chambre et que je la rangerai quand je voudrai.

— Dis à ton fils que je ne ferai plus le ménage dans sa chambre.

— Dis à ta femme que j'en serai ravi.

Une ambiance à couper au couteau. Mon père, égal à lui-même, prenait des airs de quel temps fait-il et de passe-moi le sel. Pour ma part, profitant que la geôlière du haut de son mirador regardait dans la direction opposée, j'avalais les quenelles en boîte de notre pain quotidien sans me faire remarquer.

Francine et moi avions été transférées au Lycée Fénelon pour finir notre secondaire. C'était un lycée de filles au cœur du Quartier latin, dont les élèves venaient de familles encore plus huppées et encore plus snobs. Nous étions les seules à n'avoir jamais fait de grec. Notre niveau de latin était pathétique. Le reste de nos notes était à l'avenant. Quelques secondes avaient suffi aux filles de la classe pour décider qu'à part notre sexe et notre âge (et encore), nous n'avions rien en commun avec elles. Elles étaient totalement *in*. Nous étions banalement *out*.

Comme il n'y avait pas de cantine au Lycée Fénelon et qu'il était bien trop loin de la maison pour y rentrer déjeuner, nous avons découvert les cafés. Je suis vite devenue aussi une habituée de la séance de midi du cinéma Racine, qui passait des classiques hollywoodiens des années 1950. Mon niveau d'anglais s'en est rapidement amélioré.

Aux vacances de Noël, j'ai été déçue. Marc n'était pas du voyage à Villars-de-Lans. Mais aux vacances de Pâques, il était là. Les étudiants avaient commencé à s'agiter à Nanterre et les parents de Marc avaient préféré le savoir pratiquer une saine activité à la montagne que de rester oisif à Paris pendant deux semaines. Tous les soirs du séjour, avant de m'endormir, je remerciais du fond du cœur parents bourgeois et étudiants contestataires qui, involontairement, avaient œuvré solidairement à l'état de mon bonheur permanent. Nous avons eu dix jours *pour vivre sans temps mort et jouir sans entraves*, ce que nous avons fait sans le savoir, puisque ce slogan n'était pas encore inscrit sur tous les murs de Paris. Dans le train du retour, je lui ai promis de le revoir une fois rentrée, *no matter what*. Plus question de correspondance. Il avait désormais un Solex. En avril, il me rejoignait souvent à l'improviste, le midi, à la porte de mon lycée. Il avait traversé tout Paris. Séché un ou deux cours. Les filles de ma classe nous regardaient sans comprendre. Leurs jupes étaient courtes, leurs bottes hautes sur leurs cuisses fermes, leur coupe au carré et leurs yeux de biche. Pourtant, personne ne les attendait à la sortie. Je portais encore des souliers plats, des chaussettes blanches et aucune trace de rouge à lèvres. Marc avait les cheveux dans le cou. Son shetland était tout à fait respectable, son jeans de la bonne marque et ses Clarks impressionnaient. Qu'est-ce qu'il pouvait bien me trouver ? Les snobinardes de la première classique commencèrent à me considérer sous un autre jour.

Et puis, juste au moment où l'on étudiait Einstein, la relativité, Poincaré, le temps et la simultanéité, Mai 68 est arrivé. Ça tombait bien. Avec un nom pareil, qui d'autre que Poincaré aurait pu inventer la théorie du chaos ? Le 3 mai était un vendredi. Nous avions cours jusqu'à dix-sept heures. Francine et moi étions sorties de classe sans nous douter de rien et, comme toujours, nous nous apprêtions à remonter le Boul'mich jusqu'au Panthéon pour rentrer à la maison. Les forces de l'ordre et celles du désordre s'affrontaient à coup de pavés et de matraques avec, en musique de fond, une clameur exigeant qu'on libérât nos camarades. La lutte, quoique inégale, était cependant spectaculaire. Nous n'en croyions pas nos yeux. *Il fallait vraiment chasser le flic que nous avions tous dans la tête, puisque l'imagination était désormais au pouvoir.* Je ne me souviens plus très bien comment je suis rentrée à la maison. Mais, la chose était certaine, la vie commençait à être passionnante. Ce n'était d'ailleurs *qu'un début…*

Malgré les graffitis sur les murs de la capitale, le père de Marc s'était permis de lui interdire de traverser Paris en mobylette. De toute façon, très vite il n'y a plus eu d'essence. Ni bus ni métro. Il est venu me le dire à pied. *Cours, camarade, le vieux monde est derrière toi.*

Si cela ne s'arrangeait pas vite, on ne pourrait plus se voir. La plage avait beau se trouver sous les pavés, traverser Paris en direction du Quartier latin n'avait rien d'une partie de bronzette sur sable chaud, surtout quand on avait seize ans et les cheveux longs. Les cars de CRS à tous les coins de rue ne vendaient pas de pans-bagnats dégoulinants d'huile d'olive. Seules les matraques assaisonnées de gaz lacrymogènes étaient au menu. Marc s'est donc rendu aux supplications de sa mère et a renoncé à ses escapades. Nous avons été privés de nos conversations caféinées.

Ludo était sur les barricades, j'étais consignée à la maison. Je n'avais pas encore seize ans. « Trop jeune », disait mon père, qui se couchait avec son transistor allumé en attendant anxieusement le retour de Ludo. Il oubliait qu'en 1936 sa sœur, tante Olga, avait à peu près mon âge quand elle l'avait suivi dans les manifs. « Ce n'était pas pareil », disait-il, sans m'expliquer en quoi. La radio s'en est chargée.

Les brutalités policières scandalisaient. On racontait des horreurs. Jeunes filles violées, vieillards matraqués, passants laissés inanimés sur le trottoir, blessés légers et graves. On parlait d'œil arraché par une grenade lacrymogène, d'amputation et même de morts. Du coup, malgré les pavés volants, les voitures brûlées, les vitrines cassées, les cheveux longs, les déclarations incendiaires et le désordre permanent, les étudiants ont gagné la sympathie d'une grande partie de l'opinion.

En attendant le matin du grand soir, je me résignais à collectionner les slogans comme, avant, les mots étranges du dictionnaire. Faute de pouvoir les scander sur les barricades, je les inscrivais dans mon carnet. *J'ai quelque chose à dire, mais je ne sais pas quoi. Les murs ont la parole. Sois jeune et tais-toi. Fermons la télé, ouvrons les yeux. Prenons nos désirs pour la réalité. Soyons réalistes, demandons l'impossible. Je suis marxiste, tendance Groucho.* J'avais soudain envie de revoir Jonas, mais cela faisait quelques années déjà que nous n'allions plus chez les Chechane le dimanche. À la place, nous passions nos dimanches à Pontoise, dans la maison de campagne d'oncle Sauveur et de tante Olga. *Les parents boivent, les enfants trinquent. Avant les pavots, aujourd'hui les pavés. On perd sa vie à la gagner.*

Un soir, Ludo est arrivé en courant. Haletant, rouge, transpirant. Il a claqué la porte derrière lui et s'est jeté sur son lit. La minuterie de la cage d'escalier s'était à peine éteinte, avec son cliquetis habituel, que nous avons entendu les CRS entrer au pas de course dans la cour pavée. Cela ressemblait à l'un de mes rêves. Le bruit des bottes. Par la fente des doubles rideaux, mon père a vu la concierge parler aux CRS et leur indiquer notre escalier. «*Boubé yarné* sur le *nartop*[1] ! La salope ! » Sous le coup de l'émotion, mon père sortait ses quelques mots de yiddish. Les CRS ont regardé vers nos fenêtres. Et puis, ils sont repartis, toujours au pas de course, matraquer quelque autre jeune étudiant égaré.

Le 13 mai, mon père m'a permis de me joindre aux manifestants. Tout Paris allait défiler. Il faudrait cependant rentrer très vite, juste avant la dispersion de la manif, avant que les *éléments incontrôlés* deviennent la cible des forces de l'ordre. De plus, il m'interdisait de m'éloigner de lui. Mais si on était séparés, je devais rentrer à la maison par le premier

---

1. Littéralement *Vieille mégère sur le pot de chambre.*

métro, s'il y en avait encore. On a retrouvé les copains de sa bande au métro République. Jo et Elsa Chechane étaient là, avec Jonas. Camarade Jonas ! Nous avons repris immédiatement notre conversation mais, cette fois, en matérialisme dialectique pur, langue que nous parlions désormais tous les deux couramment.

Dissidents, casseurs, agitateurs, chienlit, gauchistes, troublions, enragés, qui font le jeu du pouvoir, appel à l'action directe, à la prise de conscience, à la remise en question, provocation, revendication, oppression, répression, à bas les cadences infernales, la société de classe, la société de consommation, c'est l'ordre nouveau contre l'ordre ancien, la base, le peuple, les masses, les bourgeois, les prolétaires, les intellos, les camarades étudiants, les camarades travailleurs, les ouvriers, les paysans, les militants, de tous les pays, tous solidaires, même conditionnés, manipulés, récupérés, mais l'Internationale, la résistance prolétarienne, le comité de soutien, le comité de grève, le comité d'action, les assemblées générales, seront le genre humain, alors lançons le débat, prenons la parole, ouvrons le dialogue, car la lutte continue, le combat aussi, et bien sûr le pouvoir est dans la rue... Ah ! « L'émoi de mai », comme dira Lacan.

Vers la rue Auguste Comte, nous sommes tombés sur Julien et Suzy. Nous avons marché un moment tous les quatre bras dessus, bras dessous, en scandant CRS-SS, en chantant l'Internationale et le Chant des partisans, nos parents derrière nous. Un genre de dimanche à la campagne, mais sur le macadam, avec la révolution en plus. Nous les avons perdus dans la foule, aux abords du boulevard Montparnasse.

J'espérais rencontrer Marc. Mais, comme je l'ai appris plus tard, tout le monde n'ayant pas la chance d'avoir des parents de gauche, il n'avait pas eu le droit de sortir. Arrivés à Denfert-Rochereau, Jonas et moi étions seuls dans la marée humaine.

Les deux aînés Chechane devaient être quelque part avec Ludo et leurs potes situ, mao, anars, entristes ou trotskistes ou membre de n'importe quel groupuscule ou même révisos ou réacs ou *whatever*.

— Je n'avais pas de copains réacs, me crie Ludo.

— C'est vrai, Ludo, je pensais à Simon.

Renonçant à grimper sur le Lion de Denfert, comme plusieurs des manifestants, Jonas et moi, obéissant aux consignes parentales, avons pris le métro, direction dodo. Avant de descendre sur le quai, j'ai eu le temps de lui demander ce qu'il était advenu de sa Lévy aux jambes infinies. Elle l'avait quitté pour un étudiant de la fac de droit, membre d'Occident. Bien fait.

Les métros étaient tellement rares que mon père est arrivé à la maison presque en même temps que moi. Il avait continué à pied. La marâtre n'a rien dit en nous servant ses éternelles quenelles en boîte réchauffées. Les événements lui faisaient perdre sa langue en acier inoxydable. Le rapport de force semblait basculer. Ludo n'est pas rentré ce soir-là. Ni les soirs suivants. Il occupait la Sorbonne ou l'Odéon, avec ses camarades de révolte. Malgré la déficience en énergie maligne de la marâtre, aussi soudaine qu'inattendue, ma solitude et l'inactivité forcée me rendaient sombre. Paris vivait au ralenti et je craignais de mourir d'ennui. J'ai fini par écrire une série de poèmes poisseux, au goût de chewing-gum à moitié mâché.

À la mi-juin, je suis retournée au lycée. Marc est revenu m'attendre le midi. Au café, nous révisions le bac français. C'était un matheux comme mon frère. Mais avec un penchant pour la poésie. Tout le monde était poète cette année-là. Il a adoré mon chewing-gum, même à moitié mâché. C'était décidément l'homme de ma vie.

Alors que les élections de la fin juin soulevaient un raz-de-marée gaulliste, Ludo a décidé d'aller vivre en communauté avec ses copains de manif. La perspective de me retrouver en tête à tête avec mes parents, dans l'ordre recouvré, me glaçait d'effroi.

À la veille des grandes vacances, mon père a tenté un rapprochement. Puisque tout le monde entamait le dialogue, pourquoi pas nous ? Nous nous sommes assis au salon, notre Odéon à nous, pour négocier nos accords de Grenelle. Pauvre papa. Ce fut la Berezina. Il n'avait aucun don ni d'orateur ni de médiateur. Ludo était véritablement enragé. La marâtre, aussi ouverte que la Grande Muraille de Chine. Je prenais l'air inoffensif d'un tigre de papier pendant que mon père, tel le grand Timonier, nous exhortait à une séance d'autocritique publique en règle. Nous devions dire ce que nous avions contre Elle.

— C'est surréaliste ! a tempêté Ludo. Si nous sommes complètement tarés, c'est grâce à Elle. Tu crois qu'on peut te résumer en quelques phrases ce qu'Elle nous a fait depuis dix ans ? Ce qu'on a contre Elle ? Mais Elle nous a pourri la vie depuis qu'on a cinq et sept ans ! Elle nous a rendus dingues ! Tu crois que ça va se résoudre avec une petite conversation ? Des années de psychanalyse, oui !

Je regardais le bout de mes charentaises. La marâtre, Elle, continuait à jouer les barracudas. Ouvrant la bouche sans qu'aucun son n'en sorte. Les yeux ronds. Exorbités d'indignation.

— Je n'ai jamais parlé de psychanalyse ! me crie Ludo. Ce n'est pas mon genre. Freud, Jung, Lacan, c'est de la foutaise tout ça.

Pourtant, Ludo, cette journée-là, je m'en souviens très bien. Comme si c'était hier.

42

Dr Meyer me dit que nous allons bientôt pouvoir rentrer. Il va revenir avec tous les détails. Sacha n'a plus de fièvre. Je viens d'appeler son père. Je l'ai réveillé. Je lui demande d'aller directement chez moi. Qu'il soit là avant que Maya ne se réveille. La clef est dans le barbecue sur la terrasse arrière. Il ne comprend rien. Je dois lui répéter très vite. Je suis à l'hôpital avec Sacha. Mauvaise conscience. J'utilise mon portable.

— Ne t'inquiète pas. Tout va bien maintenant. Mais je dois encore rester un peu… Oui, je te raconterai tout… Non, il n'y a aucune raison de s'inquiéter.

Je m'énerve.

— Fais-moi confiance.

Je raccroche. Il est comme mon père. Un hypocondriaque extrême. Il est comme tante Ranya. Tout est dramatique. Il est comme la marâtre. Aucune confiance en moi. Il est comme Ludo. Je suis la stupidité en personne. J'ai vraiment fait fort le jour où je suis tombée amoureuse de lui.

Dr Meyer revient avec plusieurs autres hommes en vert fadasse. Ils recommencent à me parler en jargon incompréhensible. Je dois me faire une raison. Quand je serai grande, je ne serai pas docteur.

*

Mon frère et moi jouions dans notre chambre. Avec son couteau suisse, Ludo ouvrait ma poupée Céline pour voir ce qu'elle avait dans le ventre. Il avait d'abord voulu essayer avec Françoise, mais je l'avais sauvée *in extremis*. Ma mère écossait les petits pois dans la cuisine en fredonnant *Battling Joe* d'Yves Montand. Plusieurs fois nous sommes allés dire que nous avions faim et quand est-ce qu'on mangeait. Ma mère attendait le retour de mon père. Finalement, comme il tardait, nous nous sommes mis à table sans lui.

Mon père est rentré très tard du travail ce soir-là. La démarche peu assurée. Il ne supportait pas l'alcool. Un verre de vin et il était pompette, comme il disait. Nous étions déjà couchés. Pas encore endormis. Ma mère n'était pas contente. Cela se devinait au ton de ses phrases, dont nous ne distinguions pas vraiment le sens. Puis, ce fut plus clair. Il y avait une *Autre*. Qui sentait le parfum. Et qui mettait du rouge à lèvres sur son col. Ma mère a claqué la porte d'entrée. On a entendu ses talons qui résonnaient dans l'escalier. Ludo est allé regarder par la fente de notre porte entrouverte. Je lui ai demandé ce qu'il voyait.

— Rien, dors.

J'ai repris mon pouce. Mon père s'est endormi dans le fauteuil du salon.

C'est le téléphone qui l'a réveillé. À la dixième sonnerie. Cela nous a réveillés aussi. C'étaient les gendarmes. Ils allaient directement à l'hôpital. La Pitié-Salpêtrière. Mon père a enfilé son manteau. Dégrisé. Il a ouvert la porte. Ludo courait après lui.

— Où tu vas, papa ?

— Va te recoucher. Je reviens tout de suite.

— Mais où tu vas ?

Mon père a pris Ludo dans ses bras. L'a porté dans son lit. L'a bordé. Lui a parlé doucement pour ne pas me réveiller. Lui a dit de dormir. Que tout irait bien. Il a jeté un œil sur moi. Est sorti. Je ne dormais pas. Je faisais semblant. Déjà.

— Tu ne dis rien, Ludo ? Je n'invente pas cette fois ?

— Ce que tu m'énerves ! soupire Ludo. Je ne sais pas pourquoi tu t'obstines comme ça.

— Tu ne trouves pas ça bizarre, toi, qu'il se soit remarié si vite ? Même pas un an après... Il devait déjà la connaître avant, la marâtre...

— Tu sais bien qu'il la connaissait, puisqu'ils travaillaient ensemble. Il la connaissait, et alors ? Un accident, ça ne te suffit pas ?

— Rien n'est qu'accidentel, d'après Freud.

— Je te l'ai dit, des foutaises !

Mon père exerçait son métier d'itinérant, voyageur de commerce, pour une petite maison de bonneterie qui fabriquait surtout des bas nylon. L'une des premières à produire des bas sans couture puis, plus tard, des collants. Le patron était un de ses vieux copains, de la bande qu'on retrouvait chez Jo Chechane, le dimanche, et à Brétignolles-sur-Mer, l'été. Papa vendait des bas et des chaussettes aux grossistes du Sentier. Il les connaissait tous puisque, à douze ans, il avait commencé à y travailler comme vendeur. Certains étaient de la bande à Chechane. D'autres, d'anciens camarades, d'anciens combattants ou d'anciens résistants. Des rescapés, comme mon père. Il rentrait du travail en disant que le petit Untelberg s'était fait un nom dans le cinéma, que le petit Untelfield commençait à monter dans la chanson, que la petite Unetellestein faisait ses études de dentiste. Beaucoup plus tard, il est revenu en disant que le petit Untelman s'était fait arrêter. Le fils d'un des copains polonais d'avant-guerre, d'un des compagnons de la résistance. Militant maoïste, il servirait de bouc émissaire à cette époque de fin de révolution avortée. Nous avions retrouvé tous les copains de la bande et leurs enfants à la manif qui avait suivi sa mort.

Régulièrement, mon père partait faire sa tournée en province. Il en profitait pour rendre visite à ses anciens copains de régiment. Il nous en rapportait des galettes bretonnes dans de grandes boîtes carrées en fer-blanc. Piètre consolation pour ces soirées passées en tête à tête avec la marâtre. Parfois, à la fin de l'été, à notre retour du Maroc, on allait avec lui en Bretagne, dans la caravane. On campait à Carnac, sur la pointe du Groin ou du Raz, pendant qu'il allait visiter ses clients. On restait avec la marâtre, dans la bruine et la morosité. Cela contrastait avec l'exubérance et la liberté qu'on venait de vivre à Oualidia.

Avant d'épouser mon père, la marâtre était coupeuse de bas. Elle aussi avait quitté l'école après son certificat d'études.

Elle avait suivi une formation de brodeuse, mais n'avait jamais été engagée dans la maison de haute couture qu'elle convoitait. Elle avait atterri amèrement dans l'entreprise de bonneterie où travaillait mon père. Elle y maniait avec rage le ciseau électrique. Un jour, elle s'était coupé l'index. Papa, qui passait à l'atelier au même moment, l'avait emmenée à l'hôpital. C'est comme ça qu'il l'avait connue. Dans sa 4 CV pleine de sang. Accident prémonitoire.

43

« Il faut tuer la maladie sans tuer le malade », disait si sage-
ment Mao-Tsé-Toung. Dr Meyer est bien d'accord. Il répète
son discours plus lentement, en lisant sa liste comme si j'allais
lui faire des courses à l'épicerie. Il semble que Sacha n'ait
aucune des maladies possibles. À part peut-être un virus. Pour
savoir si Sacha souffre effectivement de la fièvre familiale
méditerranéenne, il faudra pratiquer d'autres tests quand il ne
sera pas en crise. Et puis attendre d'autres crises, qui confir-
meront la première. Si c'est bien la FFM, il faudra qu'il prenne
de la colchicine toute sa vie. Il pourra vivre une vie à peu près
normale. Pour l'instant, il ne reste qu'à rentrer à la maison et
le laisser se reposer.

Quant à moi, je n'ai rien. En tout cas, il n'a rien trouvé
qui puisse expliquer les évanouissements.

— Ce doit être psychologique, dit-il. Le stress. Mais si
cela recommence, il faudra pousser plus loin.

Psy-cho-lo-gique. Tu vois, Ludo !

Nous quittons l'hôpital. Il est presque sept heures du
matin. Maya va se réveiller. Son père devrait arriver dans
quelques minutes.

*

Je me suis réveillée en sentant un regard fixé sur moi.
Mon père était assis sur ma petite chaise, entre le lit de mon
frère et le mien. Il me regardait sans bouger.

— Qu'est-ce que tu fais, papa ?

— Rien. Dors.

— À quoi tu penses ?

— À rien, dors.

J'ai refermé les yeux. Puis, les jours ont passé. Maman était en voyage. Papa ne répondait pas quand on demandait quand elle reviendrait.

Un jour, la directrice m'a fait appeler dans son bureau. Elle m'a dit de rentrer à la maison. Je partais en voyage. J'ai sautillé, entre la cour de l'école et la cour de mon immeuble, en chantonnant, *je pars en voyage, je pars en voyage*. À la maison, j'ai trouvé tante Ranya et les valises prêtes. Ludo est arrivé quelques secondes après moi. Tante Ranya était très excitée. Elle parlait vite et fort et sans arrêt. On n'a pas eu le temps de demander où étaient nos parents. Elle nous a emmenés en taxi. Puis en avion. Puis en voiture. Jusqu'à Amezrou. J'y suis restée. Ludo est reparti avec elle à Casablanca. J'ai attendu mon père longtemps. J'ai cru comprendre que je ne reverrais jamais ma mère. Mais j'espérais quand même. J'ai cru comprendre qu'elle avait été malade. Et puis, non. Ce n'était pas ça. Je mélangeais tout. Elle avait eu un accident de voiture. Mais où ? En Alsace ? En Bretagne ? En banlieue de Paris ? Qu'est-ce qu'elle allait y faire ? Travailler ? Retrouver un amant ? Fuir mon père ? Je ne le saurai jamais. Et Ludo a sans doute raison, quelle importance ?

— J'ai toujours raison.

Tais-toi, Ludo, je dois finir.

Donc, quelle importance ?

*

Sacha me regarde avec tendresse. Sa fièvre est définitivement tombée. Il n'a plus mal aux jambes. Plus mal au ventre. Plus mal à la tête. Je l'enveloppe et le porte dans la voiture. Il fait moins froid qu'hier soir. Je conduis lentement. Il ne neige plus. Il fait encore nuit. Tout brille dans la lumière des réverbères. Sacha me dit qu'il m'aime.

— Moi aussi, mon Sacha. Et je ne te dis pas ça parce qu'on est dans un *sitcom*. C'est pour de vrai.

Il me demande s'il va encore être malade comme ça.

— Peut-être, Sacha. Mais peut-être pas. En tout cas, on va faire tout ce qu'on peut pour avoir du *fun*, hein Sacha ?

Avant de mourir, je pense.

La vie est un manège mathématique qui se répète sans fin. Et les mathématiques, ça me terrorise.

Quand il voulait se débarrasser de moi, si je traînais trop longtemps autour de lui et de ses copains, Ludo me menaçait de son livre de maths, brandi comme un neuf millimètres, en criant qu'il était temps de me faire résoudre une équation à plusieurs inconnues. Je partais en courant me cacher sous ma couette, me retrouver seule avec mes souvenirs imaginés.

Ils étaient beaucoup moins inquiétants que la vraie vie, avec son mouvement impassible de balancier qui revient régulièrement à la même place, un algorithme n'obéissant qu'à sa propre logique.

J'étais donc persuadée que je mourrais à trente-quatre ans quand ma fille aurait cinq ans. J'ai eu trente-quatre ans, Maya a eu cinq ans, et rien ne s'est passé. Pourtant, j'en suis sûre, l'hérédité des familles, les composantes génétiques, la coïncidence des dates, c'est la même chose.

Si on cherche bien, on trouve des suites séquentielles semblant découler de règles implacables. Par exemple, ma grand-mère n'a jamais connu sa mère qui est morte quand elle avait trois ans. Mon père n'a pas connu son père, celui-ci a divorcé quand il avait cinq ans. Moi, je n'ai pas connu ma mère, elle est morte quand j'avais cinq ans. Mon fils connaît son père, mais on a divorcé quand il avait trois ans.

Je m'étais juste trompée dans ma suite tragique.

Mais l'oscillation du temps, suivant la courbe progressive des événements marquants de ma famille, se vérifie comme un théorème. Juillet 1936, mon père défile avec le Front populaire, le poing levé. Juin 1942, mon grand-père part, en wagons plombés, à Auschwitz, en fumée. Mai 68, mon frère jette des pavés pour découvrir la plage. Moi, je voulais la voir pour de vrai. Avril 1984, je prends mes valises et je les pose au bord du Pacifique. Au bout du monde, à Vancouver.

C'était le printemps. Les pétales des cerisiers en fleurs recouvraient la ville d'une neige rose et soyeuse. Le temps des cerises n'est pas toujours celui qu'on pense. Depuis, j'essaye, entre le temps qu'il fait et le temps qui passe, de gravir ma vie comme des barricades, puisqu'elle est grave, la vie, paraît-il. Pas aussi grave que la mort qui y creuse sa tombe, en anglais. Et l'anglais, j'ai dû l'apprendre très vite. J'ai même fini par rêver en anglais. Pourtant, j'étais nulle au lycée. Les tirades de Lady Macbeth me donnent encore des cauchemars. Mais maintenant, c'est parce que j'en comprends la teneur. Il m'a fallu tout ce temps pour exorciser les Lady Macbeth de mon enfance. Je commence à faire la paix avec la mort de ma douce Desdémone. À m'y résoudre. À l'accepter.

J'arrive à la maison avec le lever du soleil. Je traverse le jardin avec Sacha dans les bras. Il s'est endormi. Maya est prête pour l'école. Son père est là. Je couche Sacha et je lui raconte. Il veut tous les détails. Je lutte contre la colère qui monte. Il n'avait qu'à être là. Et puis, je lui raconte quand même.

Ça y est. Il panique. Une maladie génétique. Colchicine à vie. Méditerranéenne. Séfarade. C'est de ma faute.

J'essaye de garder mon calme. Je lui dis que ce n'est pas sûr du tout. On va faire d'autres examens, plus tard. Pour l'instant, j'ai besoin de sortir.

Cette nuit m'a épuisée. Je laisse Sacha dormir. Son père à son chevet, déjà sur Internet à chercher tous les détails de cette maladie. Je pars marcher sur la plage.

44

C'est marée basse. L'air salé me frappe en plein visage, déchiré par quelques cris de mouettes, qui se posent plus loin sur un tapis d'algues séchées. La lumière de ce matin ensoleillé se reflète en mille éclats sur les tours de verre du centre-ville, découpant leurs silhouettes devant la chaîne des montagnes enneigées. Plusieurs paquebots attendent dans la baie. Quelques voiliers leur tournent déjà autour. J'ai de la chance, j'habite au paradis.

Cette lumière, étrangement, est tout à fait semblable à celle de Casa. Deux villes séparées par des milliers de kilomètres. Autre latitude, autre longitude. Et pourtant. La même lumière. Précise. Tranchante. Sur ciel bleu glacé, joignant la mer à l'horizon.

Ma cousine Lucie et moi le contemplions souvent, cet horizon, quand nous allions au port, à Casablanca. On s'asseyait sur un embarcadère, les jambes pendantes, en regardant le large et les mouettes qui volaient autour de nous. On parlait de l'avenir. On rêvait de ce que serait notre vie. Quand on serait libres. J'ai toujours eu envie de partir.

Pendant des années, j'ai déménagé constamment. Et puis un jour, j'ai abouti ici. Ici où presque tout le monde vient d'ailleurs. Où même ceux qui y sont nés sont nomades. Où être d'ailleurs est la norme. Mais être de quelque part, n'est-ce pas une illusion ? Depuis Noé et son arche, il n'y a eu que des migrations. On ne fait tous que passer. Et la naissance, n'est-elle pas l'effet du hasard ? Ici ou ailleurs, à cause du sens de l'orientation d'un spermatozoïde plus débrouillard que les autres… peut-on vraiment s'en vanter ?

J'ai donc fini par m'installer ici, sur la côte ouest. Au bord du Pacifique. À Vancouver, la ville nature. Qui porte en elle, dans la forêt de ses tours miroitantes, l'avant-goût du monde de demain. Je m'y suis installée et je ne rêve plus de partir.

J'avance sur le sable mouillé en m'enfonçant un peu à chaque pas. Des mouettes s'envolent à mon approche.

Je me souviens d'un jour, il n'y a pas très longtemps, où l'on m'a demandé d'écrire un texte sur la personne qui m'a le plus marquée, en trois minutes, pour une émission de radio. Je me suis écorché le cœur pour raconter ma mère.

— C'est trop long, m'a-t-on dit.

Retournez-vous l'âme en trois minutes, pas plus. Après, il faudra éponger le sang. En fait, c'était hors sujet. Je suis souvent hors sujet. Les sujets sont trop étroits, j'ai besoin d'en sortir. De prendre le large. De l'air. Il me faut la brise côtière. Le bon air de la mère. On me demandait de parler de la personne qui m'avait le plus marquée et je parlais de celle qui m'avait le plus manqué. Beau lapsus.

Mon texte avait finalement été accepté. Et c'était assez bizarre de le lire, en direct, à toutes ces oreilles inconnues, tendues d'un océan à l'autre, traversant l'étendue de ce continent, mesurant sa vastitude, sa magnitude. Une sorte de voyage sur les ondes et dans le temps. J'en étais sortie un peu sonnée, un peu vidée, comme lorsqu'on a trop pleuré, comme aujourd'hui après ma nuit d'hôpital.

On me dira qu'il est ridicule de pleurer sa mère à mon âge, alors qu'on meurt de faim et de froid aux quatre coins du monde. Mais la souffrance n'a rien de relatif. Chacun la vit à sa propre mesure. Peut-on souffrir de ce qu'on n'a pas connu ? L'absence absolue n'est-elle pas une blessure perpétuellement palpitante ? C'est vrai que je ne me souviens de rien. J'ai la mémoire de l'océan. Blanche et plombée de nuages.

Alors, pendant que je regardais pousser mes enfants à tort et à travers, mes souvenirs fabriqués sont remontés à la surface. J'essaye d'assécher cette source douloureuse. J'enfonce mes doigts dans la plaie encore ouverte, je la nettoie, je la racle, je l'aseptise, une bonne fois pour toutes. La chaîne transgénérationnelle s'arrêtera avec moi. Je ne transmettrai pas à mes enfants cette souffrance, cette honte, cette culpabilité, cette fatalité.

Dans les yeux de Sacha, dans ceux de Maya, je vois disparaître l'illusion de mon enfance en vagues concentriques. Ma mère me manque comme une jambe amputée. Il me reste une chaussure dont je ne sais que faire. Que je traîne avec moi à chaque déménagement. Avec l'espoir de retrouver le bon pied. On a les princes charmants qu'on peut. Ce matin, je la jette. Bouteille à la mer. À moitié pleine.